KB170139

사랑에 장애가 있나요?

# 사랑에 장애가 있나요?

권주리
에세이

강한별 ☆

# 프롤로그

연애를 갓 시작한 사람에게 주변인들은 인사치레로 이런 질문을 하곤 한다.

"그 사람, 어디가 그렇게 좋아?"

답은 다양할 수 있다. 나한테 잘해 줘서, 자상해서, 잘생겨서, 키가 커서, 같이 있으면 재미있어서 등. 하지만 나의 경우에는 다르다. 그렇게 답을 끝내면 상대방은 잠시의 침묵과 함께 나를 빤히 바라보다 계면쩍은 듯 눈을 피하며 말한다.

"… 그래, 그렇구나…."

내가 사랑하는 사람, 항승에겐 장애가 있다. 어릴 적

사고로 신체의 일부를 잃었다. 그렇기에 '그가 잘생겨서 좋아'라고 말을 끝내면 늘 위와 같은 어색한 상황이 이어지곤 한다. 그가 장애인이라서, 장애인을 겨우 그런 이유로 사랑하기엔 일반적으로 말이 되지 않기에 사람들은 나의 눈을 피한다.

장애 유무를 떠나서 그냥 남들과 똑같이 사랑했을 뿐인데 세상은 우리에게 꽤나 큰 관심을 주었다. 인간극장과 휴먼다큐 사랑에 출연하면서 그 관심은 깊이와 넓이를 더해갔다. 처음엔 장애인-비장애인 커플이라는 점에서 관심을 주었지만, 보편적인 장애인-비장애인 커플의 모습이 아닌 우리를 보고 사람들은 더 궁금해하고 신기해했다.

보통 장애인-비장애인 커플을 상상하면 우직하고 착한 장애인과 그 옆을 지키는 헌신적이고 차분한 비장애인이 떠오른다. 하지만 우리는 완전히 다르다. 나는 그를 위해 무조건적으로 헌신하는 스타일의 여자가 아니다. 오히려 내가 배려한 만큼 너도 나를 배려해 달라고 당당하게 요구하는 '요즘 여자'다. 싫은 건 싫다고 말하고, 너의 장애 때문에 내가 힘들어 죽겠다고 솔직히 말한다. 긍정의 힘으로 장애와 편견을 껴안는 사랑의 끝판 왕이 아니다.

"사랑에 장애가 있나요?"

10년간 이어 온 블로그의 제목이자 이 책의 제목이다. 여기서 '장애'는 이중적인 의미를 가진다. 신체적인 장애 혹은 어떠한 일을 하는 데 있어 방해가 되는 것을 뜻하는 장애. '사랑하며 살아가는 데 있어 장애(disorder)가 진짜 장애(obstacle)가 되는지'를 우리 삶을 통해 실험하고, 글로 풀어 내고자 이 문장을 내 인생의 문장이자 책의 제목으로 삼았다.

항승과 함께한 지난 시간 동안 경험한 것들을 아주 솔직하게 글로 담았다. 장애인과 소개팅을 하게 된 사연을 시작으로 온몸과 마음으로 편견을 겪어 내며 관계를 이어 갔던 시간들. 스노보드를 타고 스키장에서 결혼식을 올린 그날부터 스노보드 국가 대표 선수로서 패럴림픽에 출전하겠다는 항승의 말을 듣고 정신이 나가 버릴 뻔한 순간까지! 사랑하는 사람을 위해 어디까지 해줄 수 있나를 스스로에게 시험하는 날들의 연속이었다.

사랑이 아름답고 포근하기만 하다면 얼마나 좋을까. 사랑의 뒷모습은 항상 지난하고 벅찼다. 아이가 생기고 현실 육아에 뛰어들면서 그토록 부르짖었던 '너를 사랑해서 죽겠어'는 '너를 미워해서 죽겠어'로 변해갔다. 그런 사랑의 뒷모습까지 솔직하게 담아내려 애썼다.

단지 사랑을 하고 싶을 뿐인데, 끝없이 다가오는 수많은 장애 앞에서 좌절하고 포기하는 사람들에게 나의 솔직한 이야기를 들려주고 싶다. 사랑에 장애가 있을지 없을지, 당신과 함께 이야기를 나눠 보고 싶다.

# Contents

## 02 너에게는 뭐든 다 해주고 싶었어

## 03 뜨뜻미지근하지만 이것도 사랑

## 04 유쾌한 우울가로 살아가기

# 1

# 우리가 과연
# 사랑할 수 있을까

# 그는 소개팅에
# 40분이나 늦었다

우리의 첫 만남은 소개팅이었다. 소개팅으로 만났다고 하면 다들 눈을 동그랗게 뜨고 한 박자 쉰 뒤 조심스럽게 묻는다.

“항승 씨가 그런… 걸 알고 소개팅에 나간 거야?”

다른 반응은 한 번도 본 적이 없다. 그 질문에 미소만 띤 채 말을 이어 가지 않으면 나는 ‘세상에서 제일 착한 여자’라는 원치 않는 타이틀을 달아야 하므로 항상 설명을 덧붙여야 한다. 바로 어제처럼 생생한 그날에 대한 꽤나 긴 설명을.

대학 동기가 소개팅을 해주겠다며 연락했다. 그때까지 한 번도 소개팅을 해본 적이 없었기에 조금 긴장했지만 큰 고민 없이 수락했다. 그러자 동기는 상대방에게 장애가 있다고 했다. 자신도 자세히는 모르지만 약간의 시각장애가 있는 것 같다고, 그래도 괜찮겠냐고 물었다.

소개팅 상대방에게 장애가 있다는 말을 들었을 때, 가장 적절한 반응은 무엇일까?

1. "미안하지만 난 못 하겠다."
2. "그게 무슨 상관이야. 사랑에 장애가 어디 있니?"

둘 다 아니었다. 그저 머릿속이 멍해졌고 아무 말도 할 수 없었다. 전자를 선택하기엔 특수교육과를 졸업하고 장애 아이들과 연극을 하는 사람으로서 이중적인 태도를 보이는 것 같았다. 그렇다고 후자를 선택하자니 쉽사리 입이 떨어지지 않았다. 하지만 소개팅을 한다고 해서 다음 달에 바로 결혼을 해야 하는 것도 아니니, 그저 지나가는 인연으로 한번 만나 보기로 했다.

'뭐, 사랑을 눈으로 하나?'

최대한 편하게 생각하며 생애 첫 소개팅을 위해 피부에 이것저것 덮고 누워 있던 중 주선자에게 전화가 왔다. 자신이 착각했다며, 내일 나올 사람은 시각장애인이 아니라 팔이 하나 없는 지체장애인이라고 했다. 긴 통화를 마친 후 당황한 마음을 숨길 수가 없었다.

'…….'

솔직히 소개팅에 나가고 싶지 않았다. 약간의 시각장애는 겉으로 티가 잘 나지 않지만 팔이 하나 없는 건 전혀 그렇지 못하다.

'한쪽 팔로 일상생활이 가능할까?'

'사람들이 수군거리며 우리를 쳐다보지 않을까?'

온갖 생각들이 휘몰아쳤다. 하지만 이 소개팅을 위해 대전에서 일부러 서울까지 올라온 사람을 어찌 다시 내려가라고 할 수 있을까. 취소하기엔 이미 늦었다. 복잡한 마음을 하나도 정리하지 못한 채로 침대에 누워 천장만 바라보았다.

다음 날, 걱정스러운 마음을 높은 구두와 짙은 화장으로 가린 채 약속 장소인 강남역으로 향했다. 그런데

이 남자, 약속 시간이 10분이나 지났는데 연락이 없다.

'소개팅을 시작하기도 전에 끝나는 건가? 차라리 다행이다.'

약속 시간을 훌쩍 넘겨 겨우 연락이 닿은 그는 이렇게 말했다.

"차를 가지고 나왔는데 주차할 곳을 찾지 못해서 강남역 주변을 돌고 있어요."

토요일 오후 강남역에 차를 가지고 나오다니. 그럴 예정이었다면 어디에 주차할지 미리 알아 놨어야지, 적어도 소개팅인데 말이다. 한여름의 뜨거운 햇볕에 흐르는 땀이 아이라인 꼬리를 살짝 번지게 할 때쯤 그는 약속 시간보다 40분이나 늦게, 하얀색 티셔츠에 조끼를 걸쳐 입고 애매한 웃음을 보이며 멀리서 걸어왔다. 엄청난 미남은 아니었지만 첫인상은 듬직했고, 귀여웠고, 순박해 보였다.

… 그리고 오른쪽 팔이 없었다. 직접 보니 훨씬 더 당황스러웠지만 애써 그의 팔에 눈길을 주지 않으려고 노력했다. 분명 그도 나의 시선을 느꼈을 것이다. 어색한 인사 후 식당으로 이동할 차례. 레스토랑 음식은 그

가 먹기 불편할 것 같아서 간단하게 먹을 수 있는 카레집으로 향했다.

나는 그를 탐색하기 시작했다. 일단 사람은 좋아 보였고, 모난 구석은 없어 보였다. '착한 사람'이라는 두 단어가 정말 잘 어울려 보였다. 그가 숟가락으로 카레와 밥을 떠서 먹는 모습은 평범했지만 동시에 굉장히 낯설었다. 비어 있는 오른쪽 소매를 쳐다보지 않으려 노력했으나 자꾸만 눈이 갔다.

식사 후 카페로 이동했다. 선한 인상에 이어 햇볕에 그을린 피부와 처진 눈망울이 유독 눈에 들어왔다. 그는 '허허허'라는 너털웃음을 자주 지었다. 그 웃음은 어색한 공기를 지워 주고 자연스러운 분위기로 바꿔 주는 징검다리 같았다. 그러다 한 번 더 너털웃음을 지은 뒤, 그가 4살 때 당한 교통사고를 언급했다.

"달려오던 차가 갑작스럽게 차도로 뛰어든 저를 피하지 못했어요. 그때 한쪽 팔과 다리를 잃었어요."

그러고는 오른쪽 바짓단을 들어 올렸다. 그 안에는 있어야 할 다리가 없었다. 아주 단단해 보이는 의족만 있었다. 소개팅 전날 밤, 팔 이야기는 들었지만 다리는 몰랐다. 우리 사이에는 정적이 흘렀다. 내가 느끼기에는 찰나였을 것이고, 그가 느끼기에는 견디기 민망할 정도의 긴 시간이었겠지.

"아, 정말 힘드셨겠어요. 죄송하지만 저 잠시 화장실 좀 다녀올게요."

정적을 깨기 위해 나는 말을 마무리했다. 화장실에서 얼마나 있었을까. 적어도 10분은 넘었다. 너무 당황해서 뭘 어찌해야 하나 아무 생각도 할 수 없었다. 일단 주선자에게 전화를 걸었다.

"이 사람, 다리도 하나 없어. 너 그거 알았어?"

주선자의 대답은 잘 기억나지 않는다. 기억나는 것은 화장실 거울 속 당황한 내 얼굴뿐이다. 일단 내가 선택할 수 있는 방법들을 추려 봤다.

1. 침착하게 다시 나가서 소개팅을 잘 마무리하고 좋은 인연이었다며 끝을 낸다.

2. 다리 하나 없으면 어때. 어차피 팔도 하나 없는데. 그냥 다시 즐거운 대화를 이어 간다.

3. 화장실의 작은 창문으로 도망간다.

나는 3번에 대해 진지하게 고민했지만, 이곳은 2층이라서 뛰어내렸다가는 내 다리도 하나 없어질 것 같았다. 그리고 어쨌든 이 소개팅도 사람과 사람의 만남이니, 최대한 예의를 갖춰야겠다는 생각에 1번을 선택하기로 결심했다. 나는 다시 그의 앞자리로 가서 앉았다. 놀란 마음을 추스르고 다시 대화를 시작하자 장애로 인한 충격은 곧 사라져 버렸다.

대화를 나눌수록 그의 생각, 가치관, 목표 그리고 살아가는 방식이 좋았다. 모험과 여행을 좋아하고, 배낭 하나 달랑 들고 유랑하는 것을 즐기는 자유로움이 나와 비슷했다. 꽤 오랜 시간이 지나 이야기를 마무리할 때쯤, 나는 이미 머릿속에서 그와 연애를 하고 있었다.

'대전과 서울이라. 2주에 한 번 정도 데이트를 하면 적당하겠지…?'

그런데 카페에서 나와 나를 지하철로 데려다주던 항승 씨의 발걸음이 무척 빨랐다. 마치 나를 얼른 보내고 싶어 하는 느낌이었다. 순식간에 도착한 강남역 7번 출구 앞에서 그는 마지막 말을 남겼다.

"다음에 볼 수 있으면 또 봐요."

어 이게 뭐지? 이게 뭐 하자는 거지? 이렇게 우리 인연이 끝나는 거야? 내가 좋아서 너의 이야기를 한 게 아니었어? 내가 별로야? 예상 못 한 전개에 속으로 이런 생각들을 곱씹고 있을 때쯤, 그의 말은 나의 등을 떠밀었다. 나는 그대로 사람 홍수에 휩싸여 강남역 안으로 빨려 들어갈 수밖에 없었다.

첫 소개팅에서 차인 나는 술도 잘 못하면서 친구들을 불러 술을 들이부었다. 술김에 주선자에게 전화해서 한참 동안 진상을 부렸다. 내가 그렇게 별로인지, 진짜 내가 마음에 안 들어서 그냥 간 건지, 원래 소개팅이 이런 건지, 자기가 늦어 놓고 나한테 이래도 되는 건지. 결국 다음 날 그의 전화를 받았다.

"미안해요. 소개팅을 처음 해봐서 잘 몰랐어요…. 사실 제가 많이 늦어서 주리 씨 표정이 안 좋다고 생각했어요. 얼른 집에 가고 싶어 하는 느낌이라서 빨리 자리를 마무리한 거지, 절대 주리 씨가 맘에 들지 않아서 그런 게 아니에요."

긴 통화 끝에 오해가 있었던 걸로 이야기를 마무리

했다. 소개팅은 그렇게 친구도 되지 못한 채, 어정쩡하게 끝나 버렸다.

이후 2년이라는 시간이 흘러갔다. 아주 간간이 문자로 연락을 하거나, 일 년에 한두 번 정도 얼굴을 본 적은 있지만 더 이상 연애 감정은 없었다. 그냥 별로 친하지 않은, 가끔 연락하는 친구로 관계를 마무리하는가 싶었다. 그런데 우리의 인연은 아직 끝나지 않았다. 아니, 그때부터 시작됐다.

# 여행은 핑계였고
# 사실 너를 더 알고 싶었어

어색하고 뻘쭘했던 소개팅 후 2년. 그동안 항승과 난 그냥 '친구'였다. 몇 번 만났지만 거기까지였다. 항승도 나에게 직접적인 어떤 마음을 이야기하지 않았고 나도 먼저 다가가기보다는 그가 나에게 먼저 다가와 주길 바랐다. 사랑에 서툴렀던 예전처럼, 이번에도 역시 사랑을 기다리기만 했다.

그러던 중, 대학원 1학년을 마치며 생각이 많아지고 한숨도 많아지던 때가 있었다. 어딘가 떠나고 싶어졌다. '제주도에 가서 바람이라도 실컷 맞고 오자'라고 생각하며 비행기 예약을 하던 중, 항승이 생각났다. 그도 비슷한 시기에 제주도 여행을 간다는 이야기를 들었다. 순간 지나가는 생각은 하나! '그와 같이 비행기를 타면 장애인 동반 할인! 항공료가 반값!' 순수한 마음으로 항승에게 제안했다.

"우리 제주도 같이 갈래?"

"… 제주도에? 나랑 같이?"

"다른 뜻은 아니고, 항공료 할인받고 싶어서. 비행기만 같이 타고 일정은 각자 보내자."

말은 이렇게 했지만 아마 이때 나는 항승에게 어느 정도 마음이 있었는지도 모른다. 그냥 조금 더 가까이서 대화하고 싶은 마음, 조금 더 알아 가고 싶은 마음.

우린 같이 비행기 표를 끊었고, 그렇게 소개팅 후 2년 만에 항승과 나의 제주 여행이 시작되었다. 공항에 도착해 간단히 렌트를 하고 일단 고픈 배를 채우러 성산일출봉 쪽에서 전복죽을 먹었다. 그런데 여행은 시작되었지만 한 가지 중요한 문제가 해결되지 않았다. 숙소. 우리 둘 다 딱 항공권만 결제하고 숙소는 전혀 생각하지 않았다. 정확히 얘기하면 숙소를 함께해야 할지 따로 해야 할지 그 누구도 말을 꺼내지 않았다.

그는 지인 집에 가서 하룻밤 신세를 질 거라고 흘리듯 말했다. '그럼 나는 어쩌지?' 고민도 잠시, '이 넓은 제주도에 내 한 몸 누일 곳 없을까'라고 생각하며 전복죽을 흡입하던 중 지인에게 전화가 왔다. 예약해 놓은 제주도 숙소가 내일인데 일정이 변경돼서 취소할 것 같다고. 원하면 양도하겠다고.

"항승아. 숙소 저렴하게 넘겨준다는데, 같이 갈래?"

그때 항승은 날 보며 어떤 생각을 했을까? 자신을 유혹한다 생각했을까? 진실은 알 수 없다. 그날의 항승만 알고 있겠지. 하지만 유혹은 아니었다. 나는 그저 그 사람을 더 알아 가고 싶었으니까.

우리는 여행 둘째 날 숙소를 같이 쓰기로 결정했다. 식사를 마치고, 항승은 지인을 만나러 간다고 했다. 나는 딱히 하고 싶은 것도 없었기에 그냥 그를 졸래졸래 따라다녔다. 사실 처음부터 따로 여행할 마음은 그다지 없었던 것 같기도 하다.

어느덧 해가 지고 있었고, 둘째 날 숙소는 정했지만 당장 오늘의 숙소는 정하지 못한 우리 사이에 애매한 공기가 맴돌았다. 지인의 집으로 간다던 그는 갈 기미가 없어 보였다.

'설마 오늘도 같이 지낼 생각인가?'

둘 다 움직이진 않고 그저 미적거리고 있으니, 항승의 지인이 가까운 게스트하우스를 소개해 주겠다고 말했다. 게스트하우스라면 남/여 방이 분리되어 있으니 부담이 훨씬 덜했기에, 이번에도 역시 함께하기로 했다.

"아직 방 공사가 다 안 끝났어요. 6인실을 같이 쓰는 게 어때요? 각자 1층 침대를 쓰면 서로 안 보일 거예요. 원래 이런 데 같이 있어야 더 친해져요."

주인아주머니께서 의미심장한 웃음과 함께 말씀하셨다.

'어쩌지? 그냥 공사가 덜 끝났어도 다른 방에 간다고 할까?'

5초 동안 고민했지만, 단념하고 가방을 풀었다. 고된 일정이 피곤하기도 했고, 솔직히 무슨 일이 생겨도 상관없었다. 샤워실에서 젖은 머리를 털며 나오는 그를 마주하는 건 사실 조금 부끄러운 일이긴 했지만 그 애매모호한 공기가 좋았다. 톡 건들면 빵 터질 것 같은 큰 풍선을 안고 있는 듯, 아슬아슬한 그 느낌.

그런데 풍선은 나만 안고 있었나 보다. 항승 씨는 젖은 머리를 툭툭 털더니 자신의 침대에 들어가서 나오지 않았다.

'이 남자는 나를 편한 친구라고 생각하는구나. 그래, 알았다!'

우리는 침대에 걸터앉아서 이런저런 이야기를 나눴다. 소개팅으로 만난 우리가 이렇게 같이 제주도 여행을 하고 있을 줄 누가 알았겠냐고, 심지어 숙소도 같이 쓸 줄이야. 친구들이 들으면 등짝 스매싱을 때릴 일이라는 이야기들을 주고받았다.

그런데 제주도의 첫날 밤을 이렇게 끝내고 싶지는 않았다. 우리 둘 다 '적어도 시원한 맥주 한잔은 해야 하지 않을까?'라는 생각을 했고, 또다시 의기투합했다. 우리는 눈을 초롱초롱하게 빛내며 벌떡 일어섰다. 다시 차 시동을 걸었고, 10분 거리에 있는 상가에서 간단히 맥주 한 병씩을 사서 돌아왔다.

그때까지 약 6년간 장롱면허를 고집하던 나에게, 그는 운전대를 양보했다. 시속 10km로 가는 거북이 같은 나의 운전 실력을 옆에서 천천히 지켜봐 줬다. 밤눈이 어두워서 야간 운전은 해본 적이 없었기에 정말 액셀 한 번 밟고, 소리 한 번 지르고, 브레이크 한 번 밟고를 반복하며 밤길을 아주 천천히 질주했다. 사이좋은 부부도 운전 연습은 안 시켜 준다던데, 그는 처음부터 끝까지 침착한 미소를 지으며 나를 안심시켰다. 그는 일단 지켜본다. 동시에 온몸의 촉각을 곤두세우고 나에게 신경을 써준다. 함께하는 시간 동안 이런 세심한 부분이 나의 마음을 크게 움직인 걸지도 모른다.

어쨌든 우리의 첫째 날 밤은 그렇게 맥주 한잔과 함께 끝났다.

다음 날 눈을 떴는데, 제주도에 근 10년 만에 엄청난 양의 눈이 내렸다. 무릎까지 푹푹 들어갈 정도로 많은 양의 눈이었다. 우리는 스노 체인이 없었기에, 살살 기어서 겨우 큰길로 나왔다. 그 순간은 마치 현실이 아닌 것 같았고, 우리는 그 비현실적인 세상을 꽤 오랜 시간을 들여 통과했다. 제주도에서, 이렇게 엄청난 눈 속에서, 옆자리엔 항승이 운전을 하고 있다니, 나는 마냥 좋았다. 그와 주고받는 팽팽한 줄다리기 같은 대화까지도.

"폭설이 내리는 제주도라니, 정말 좋다."

"항승아. 혼자였다면 이렇게 즐겁진 않았을 것 같아. 그치?"

간간이 마음을 던져 봤지만 그는 쉽게 잡아채지 않았다.

'뭐야, 날 좋아하는 거야, 아니야? 진짜 모르겠네….'

드라이브를 하다 잠시 멈춰 바닷가를 향해 걷기 시작했다. 약 3시간 정도 쉬지 않고 걸었다. 내가 꽤 빠른 걸음을 유지했기에 중간중간 그가 힘겨워하는 걸 느낄 수 있었다. 그때 참 이기적인 생각이 들었다.

'아, 항승은 오래 걷기 힘들구나. 만약 우리가 연인이 된다면, 함께 걷는 데이트는 할 수 없는 건가?'

차 안에서는 장애가 없었는데, 문을 열고 나오니 그

가 가진 장애가 보였다. 이런 상황이 올 때마다 그를 향한 내 마음도 열렸다 닫혔다 했다.

어느새 해가 졌고, 둘째 날 밤을 맞이할 시간이 다가왔다. 콘도에 짐을 풀고, 술 한 병을 앞에 둔 채로 서로의 속마음을 터놓기 시작했다. 1박 2일 동안 함께 있었지만 항승은 나에게 이성적인 관심이 영 없는 것 같았다. '나를 정말 좋은 친구라고 생각하는구나.' 결론을 내리고 정말 친구로서 이런저런 이야기를 털어 냈다. 잔잔한 파도 소리를 들으며 술 한잔을 서로 기울이다 보니 자연스럽게 사랑 이야기가 나왔다. 그리고 갑자기 나의 고해성사가 시작됐다.

앞에서도 밝혔듯이, 난 참 사랑에 서툴렀다. 내가 원하는 이상향을 그려 놓고 상대방이 그 안에 들어와 역할극을 해주길 원했다. 관계는 함께 만들어 가야 한다는 것을 그때까지도 몰랐다. 그런데 그는 이런 나의 이야기를 하나부터 열까지 경청하고 공감해 주었다. 어떤 답을 주거나, 진실을 찾아내려 나를 추궁하지 않았다. 그냥 나의 감정을 인정해 주었다.

"나는 늘 사랑에 실패했어. 내가 좋다며 사랑해 주던 연인들이 어느 순간 나한테 질렸는지, 더는 못 하겠다며 떠나 버리더라. 잘해 주려고 노력한 것뿐인데…."

"그랬구나, 많이 속상했겠다."

"나는 매번 왜 이 모양일까? 이젠 사랑이 뭔지 잘 모르겠어."

"그러게, 근데 내가 볼 땐 주리 너는 충분히 멋진 사람이야. 걱정하지 마."

당시 그와 나눈 대화 내용들이 전부 기억나지는 않지만, 대화가 끝난 후 항승을 꼭 잡아야겠다는 확신이 들었다. 하지만 내가 먼저 움직일 용기는 없었다. 항승도 나에게 선을 긋고 먼저 다가올 기미를 보이지 않았다. 새벽 3시까지 이어지던 이야기들을 마무리하고 우리는 침실로 들어왔다. 미닫이문으로 주방과 분리되어 있던 침실은 퀸 사이즈 침대 하나만 놓여 있었다.

'영 애매하네.'

친구 사이에 한 침대에서 한 이불을 덮고 잘 수도 없고, 둘 중 한 명이 바닥에서 자야 하는데 누가 자야 하나 잠시 고민하던 찰나에 그가 바닥에 자리를 깔았다.

같은 숙소에서 함께 밤을 보낸다는 게 사실 엄청나게 짜릿했지만, 그는 내 쪽으로는 털끝 하나 넘어오지 않았다.

우리는 각자 자리를 잡고 누웠다. 잠시 후, 침대 아래에서 뭔가 부스럭거리는 소리가 나서 살짝 고개를 돌려 보니 그가 의족을 빼고 있었다. 첫째 날 밤에도 의족을 뺀 모습을 본 적이 없었기에 난 살짝 긴장했다. 애써 외면하고 싶었던 그의 장애를 눈앞에서 마주하는 순간이었다.

난 그가 의족을 사용하고 있지만 그냥 나와 똑같은 비장애인처럼 생활할 수 있는 사람이기를 바랐던 것 같다. '그럼 나도 그의 장애를 상관하지 않고 연애할 수 있을 텐데'라는 마음이 있었다. 의족을 빼내자 그의 오른쪽 다리는 무릎 바로 아래에서 잘려 있었다. 그의 팔은 그전에도 눈으로 볼 수 있었기에 괜찮았는데, 다리는 달랐다. 한쪽 다리가 없는 몸은 상상했던 것보다 훨씬 낯설었고, 당연한 얘기지만 생각보다 훨씬 더 장애인처럼 보였다. 그는 몸을 살짝 돌려 나를 바라보았다.

불은 꺼져 있었지만 새벽 어스름에 서로의 실루엣은 다 확인할 수 있었다.

"징그럽지 않아?"

한참 동안이나 할 말을 찾지 못했다.

'내가 뭐라고 해야 항승이 상처받지 않을까, 아니 상처를 받을 거라고 생각하는 것 자체가 상처가 아닐까?'

어두움 속에서도 나의 표정은 그가 읽을 수 있을 정도로 당황스러움이 묻어났을 것이다. 그때가 새벽 3시 30분. 우리는 각자의 자리에 누워 조금 더 깊은 이야기를 시작했다.

그전까진 나의 이야기만 했다면, 이제는 항승의 차례였다. 4살 때 왜 교통사고를 당하게 됐는지, 한쪽 팔과 다리를 잃고 어떻게 학교생활을 했는지, 의족을 차고 사는 건 어떤 느낌인지 등. 그는 생각보다 담담하게 이야기를 이어 갔지만 나는 듣는 내내 목구멍이 바짝 타 들어가는 것 같았다.

4살의 어린아이가 교통사고로 그렇게 심한 부상을 입었다는 사실을 상상만 해도 등골이 오싹해졌다. 하지만 그의 표정과 말투, 담담한 분위기가 나에게 마치 이렇게 이야기하는 듯했다.

"난 이제 괜찮아. 아니, 괜찮지 않아도 괜찮아."

이야기는 새벽까지 이어졌고, 마지막으로 시간을 확인하고 이불을 덮은 시각은 5시 12분이었다. 대화를 끝내고 나니, 마음이 더 복잡해졌다.

마지막 퍼즐 조각을 손에 들고, 미완성의 퍼즐을 그저 바라만 보고 있는 느낌. 이 조각만 끼워 넣으면 끝난다는 것을 알면서도, 도저히 맞출 엄두가 나지 않았다. 그에게 지금 내 마음을 표현할 용기가 부족했다. 그래, 그랬다. 도저히 용기가 나지 않았다.

그렇게 다음 날이 됐고 둘 사이에 흐르는 어색한 공기 속에서 마음이 자꾸 울렁거렸다.

'너와 좀 더 많은 이야기를 나눠 보고 싶어. 아직 너의 장애를 다 감싸 안을 용기는 없지만 좀 더 이야기를 나누다 보면 해답을 찾을 수 있지 않을까?'

그렇게 아무 일도 일어나지 않은 제주도 여행 이후, 그는 자신의 미니홈피에 이런 일기를 남겼다.

'여행을 갔다 온 후로 오만 가지 생각이 왔다 갔다 한다. 이런 생각 저런 생각. 이런 마음 저런 마음.'

어머나. 그가 드디어 나에게 고백을 하겠구나라는 생각에 나도 모르게 입 밖으로 웃음소리가 새어 나왔다.

## 너의 고백에
## 쉽게 답하지 못했다

제주도 여행 후 서로의 안부를 물으며 항승과 좀 더 자주 연락을 하게 되었다. 우리 둘 사이 애매한 공기가 흘렀다. 종일 일을 하면서도, 혹시 문자가 오지는 않을까 하고 핸드폰으로 시선이 갔다. 그렇게 애매모호하고 설레는 2주가 지나고, 그에게 밥을 먹자며 연락이 왔다.

'주말에 뭐 해? 같이 밥이나 먹을래?'가 아니라, '토요일 저녁에 나랑 만나자. 내가 데리러 갈게'였다.

평소와는 다른 느낌의 문자였다.

그렇게 우리는 포천에 있는 한 식당에서 만났다. 문자 메시지처럼 항승은 그날 다른 분위기를 풍겼다. 차를 깨끗하게 세차하고, 단정한 정장을 입고, 깔끔하게 머리를 만지고, 내가 좋아하는 알 없는 안경을 쓰고 앞에 섰다.

'오늘인가?'

분명 그가 평소와는 사뭇 다르다고 느끼고 있었지만 애써 모른 척했다. 그저 앉아서 미소를 지은 채 음식을 아주 맛있게 먹었다. 식사를 마치고, 그가 나와 함께 가고 싶은 곳이 있다고 했다. 우리는 숲속에 위치한 공원으로 향했다. 그곳은 허브와 꽃, 그리고 아주 다양한 색깔의 조명들로 예쁘게 꾸며져 있었다.

그걸 보자 심장이 미친 듯이 빠르게 뛰었다. 쿵쿵 소리가 밖으로 들릴 것 같아서 꾹꾹 참으려 애썼다. 옆에서 애매한 거리를 유지한 채로 함께 걷던 그도 같은 심정이었을까? 유난히 말이 없었다. 그의 등에는 정장에 어울리지 않는 배낭이 하나 들려 있었다. 내가 그의 등으로 시선을 두자, 그는 가방에 이것저것 든 게 많아서 그냥 가지고 나왔다는 변명을 했다. 살짝 웃음이 나왔다. 공원 깊숙이, 가장 아름다운 곳까지 걸어가자 그가 내 이름을 나지막이 불렀다.

"주리야."

세상에. 그의 입을 통해 내 이름을 들으니 놀라웠다. 글자 하나하나에 감정이 실려 있는 것 같았다. 많은 사람들에게 매일같이 불리던 내 이름이 이렇게 설레는 단어였나?

그의 목소리는 담담했지만 미세하게 떨리고 있었다. 메고 있던 배낭에서 장미 꽃다발을 꺼내 나의 손에 쥐여 주었고, 이렇게 말했다.

"난 너를 좀 더 알고 싶어. 너와 많은 이야기를 함께 나누고 싶어. 너의 남자친구가 되고 싶어."

그는 내게 고백했다. 예상을 하지 못했던 것도 아닌데, 여전히 아무 말도 할 수 없었다. 망설임 없는 고백에 그저 당황했다. 누군가 나에게 사랑한다는 말을 한다는 것에, 나의 눈을 똑바로 바라보고 숨소리가 들릴 만큼 가까운 거리에서 그런 말을 한다는 것에, 심장이 터질 듯 빠르게 뛰었다.

그의 고백 뒤로 약 1분간 정적이 흘렀다. 우리 외에는 아무도 없었던 그 공원에는 스피커에서 흘러나오는 음악 소리만 울렸다. 항승은 나의 당황스러움을 눈치챘고, 나의 감정을 토닥여 주기 위해 말을 덧붙였다.

"주리야. 이렇게 너에게 마음을 전하기까지 얼마나 오랜 시간이 흘렀고, 얼마나 많은 고민을 했는지 넌 모를 거야. 널 처음 봤을 때부터 난 네가 좋았어. 하지만 쉽게 말할 수 없었어. 내가 생각했을 때 넌 너무 대단한 여자고, 난 너무 부족한 남자거든. 곰곰이 생각해 보니 너를 좋아해서는 안 되는 이유들이 너무 많더라. 난 장애도 있고, 직업도 안정적이지 않으니까. 너에 비해 부족한 것들이 계속 생각났어. 그래서 나의 감정을 숨겼어, 최대한. 그런데 너와 이야기를 나누면서 그 안 되는 이유들을 하나씩 버릴 수 있게 됐어. 여전히 난 부족하고 불안정한 삶을 살고 있지만 너와 함께 있으면 힘이 생겨. 어떤 길이든 앞으로 계속 나아갈 수 있을 것 같아. 너는 나에게 그런 힘을 주는 사람이야."

이런 고백을 받은 건 태어나서 처음이었다. 장난스럽게 던지는 '나랑 사귈래?'가 아니라 미사여구 없는 진심, 그 자체에 어떤 말로도 답변을 할 수 없었다.

심지어 이 고백은 시작에 불과했다. 항승은 나를 집으로 데려다주는 한 시간 동안 나와 함께하고 싶은 이유에 대해 계속 이야기했다. 동시에 나는 한 시간 동안 계속해서 내가 얼마나 이상한 사람인가에 대해 이야기했다. 난 그의 진심 어린 고백을 받을 만큼 좋은 사람이 아닌 것 같았다.

"난 뚱뚱해. 예쁘지 않아. 난 남자친구보다 내 일이 더 소중해. 난 이런 여자야. 난 너에게 도시락을 싸주고 마중 나가는 현모양처 스타일이 아니야. 너와의 약속과 일이 겹친다면 난 생각도 안 해보고 당연히 일을 하러 갈 거야. 난 요리도 못해. 난 청소하는 것도 별로 안 좋아해. 밖에서만 깔끔한 척해. 난 친구도 별로 없어. 사실 엄청 이기적이야. 네가 알게 되면 분명 나를 싫어할 거야. 지금까지 사실 착한 척한 거야."

이런 말도 안 되는 이유들에도 그는 정말 하나도 놓치지 않고 다 답했다.

"너의 건강함이 좋아. 너의 그런 면을 난 원래 좋아했어. 요리는 내가 할게. 청소는 같이 하자. 내가 너의 친구가 되어 줄게. 너를 더 알아 가고 싶어."

나는 이상하면서도 현실적인 한계에 대해서도 이야기했다.

"난 겨울에는 주말마다 보드를 타러 스키장에 가. 우리가 만약 사귀게 된다면 주말에만 만나야 할 텐데, 넌 보드를 탈 수 없잖아…. 그럼 어떡해?"

그는 날 빤히 쳐다보며 웃었고, 이렇게 답했다.

"나도 같이 탈게. 한번 배워 볼게. 네가 가르쳐 줘."

의족을 사용하는 지체장애인이 스노보드를 탄다는 건 생각도 하지 못했던 일이었기에 나도 허탈한 웃음을 지으며 그렇게 시끄러운 사랑 전쟁은 일단락됐다.

이후로 3일간 항승의 말들을 계속 곱씹었다. 처음에는 드라마 《섹스 앤 더 시티》에서 미란다가 남편과 헤어져야 하는 이유에 대해 글로 정리하던 장면처럼, 나도 A4용지를 앞에 놓고 '장애가 있는 남자와 연애를 할 수 있을까?'에 대해 논리적으로 생각을 정리했다.

그와 사귀게 된다면 우린 보통 커플처럼 거리 데이트를 할 수 있을까? 부모님께 과연 당당하게 말씀드릴 수 있을까? 근데 아무리 정리해 봐도 이건 논리적인 문제가 아닌 듯했다. 논리로 살아가던 나에게 감정으로 선택해야 하는 과제가 주어진 것이다. 그때의 당황스러움이란. 모든 사물들이 그의 얼굴로 보이고, 길을 지나다니는 사람들이 전부 나에게 바보 같다고 말하는 것 같았다. 그렇게 비실거리던 나에게 주변 사람들은 이렇게 말했다.

"어차피 네 마음은 다 정해져 있잖아? 마음의 소리를 들어!"

맞다. 그랬다. 난 그와의 관계를 마치 수학 문제를 푸는 것처럼 논리적으로 따져 보려고 했었다. 내가 줄 수 있는 것이 30이라면 그도 나에게 30만큼, 아니 40만큼 줄 수 있는지를 조건과 상황으로 계산했다. 하지만 그가 나에게 줄 수 있는 것이 0이라도 뭐 어떤가. 사랑은 그런 게 아니었다.

그렇게 고백을 받은 지 3일이 지났고, 그가 다시 찾아왔다. 조심스럽게, 하지만 묵직하게 다시 물었다.

"이제 대답해 줄 수 있니?"

나는 차마 고개를 들 수 없었고, 역시 아무런 말도 할 수 없었다. 그리고 다시 3일 전처럼 내가 얼마나 못난 인간인지에 대해 일장 연설을 시작했다. 마음은 분명 그를 향하고 있는데 행동은 반대로 갔다. 3일간 숙성된 나의 논리를 들은 그는, 그저 사람 좋은 미소를 보이며 나를 뚫어지게 바라봤다. 그리고 말했다.

"아니, 그런 거 말고. 난 네가 어떤 이유를 말해도 상관없어. 함께 마주하면 되니까. 내가 궁금한 질문에 대해 답해 줘."

우리는 북악스카이웨이로 향했다. 아름다운 서울의 야경을 바라볼 수 있는 곳이었지만 혼란스러웠던 마음 때문에 풍경은 잘 기억나지 않는다. 팔각정 위로 올라가 그가 말했다.

"주리야. 나의 마음과 같다면 내 손을 잡아 줘."

하, 세상에. 나는 떨려 죽겠는데 그는 어쩜 이렇게 담담할 수 있을까. 난 아무 말도 못 하고 팔각정을 정확히 17바퀴나 돌았다. 그가 서 있는 곳을 계속 지나쳤지만 손을 잡을 용기가 없었다. 그 손을 잡고 나면 내가 감당해야 하는 것들이 너무 클 것 같았다.

한 시간 정도 지났을까. 난 도저히 지금 결정할 수 없다고 말했지만 그는 이날을 쉽게 포기하지 않았다. 우리는 내가 평소에 자주 가던 한강으로 향했다. 이곳이라면 좀 더 편히 생각할 수 있지 않겠냐고. 그가 다시금 단호히 말했다. 그 한강 다리 밑에서 나는 또다시 왔다 갔다를 반복했다. 심장이 터질 것 같았고 머리는 이미 터진 후였다. 그리고 결심했다.

'마음의 소리에 솔직해져 보자.'

그에게로 다가가 손을 잡았다. 생각보다 훨씬 두꺼웠고, 단단했고, 거칠었다. 잡은 손 안으로 그의 옅은 떨림이 전해졌다.

# 엄마, 미안하지 않아서 미안해요

항승과 연인이 된 이후로 가장 걱정된 부분은 '엄마에게 어떻게 말해야 하나'였다. 장애인 남자친구를 만나는 딸. 팔만 하나 없는 줄 알았는데 다리도 하나 없는. 일반적인 가정의 부모님이라면 어떤 반응을 보이실까 예상해 보았다.

"네가 미쳤구나? 얘, 정신 차려! 당장 헤어져. 절대 안 돼!!"

우리 집에는 이미 장애를 가진 남동생이 있다. 그는 유난히 많이 울고 보채던 아기였다. 딸 둘을 키워 본 적이 있는 엄마였지만 막내아들을 키우는 것이 유독 힘들었다고 했다. 배부르게 우유를 줘도, 안아 줘도, 놀아 줘도, 목욕을 시켜 줘도, 밖으로 데리고 나가도 막내아들의 울음을 멈출 수 없었다.

'유난히 손이 많이 가는 아이구나', 그렇게 생각하며 3년이 지났다. 동생은 매일 새로운 저지레를 쳤고, 특유의 째지는 울음소리는 줄어들지 않았다. 그러던 어느 날, '자폐증' 진단을 받았다.

그 후 우리 가족의 최종 목표는 동생의 신변 자립이 됐다. 부모님은 십수 년간 온갖 교육과 치료를 섭렵하시며 동생을 위해 달려오셨다. 하지만 그의 장애는 주변 사람들이 노력한다고 해서 극복되거나, 좋아진다거나 하는 그런 성질의 것이 아니었다. '노력으로 장애를 극복할 수 있다'는 전제 자체가 틀렸던 것이다.

항승과 친구로 지내던 시절에도 엄마는 그의 장애를 알고 계셨지만, 그 사람이 설마 나의 남자친구가 될 줄은 예상 못 하셨을 거다. 그와 연인이 되고 한 달쯤 지났을 때 조심스럽게 엄마에게 전화를 걸었다.

엄마는 사실 나와 항승의 분위기를 알고 계셨던 것 같다.

"엄마. 저 항승이랑 진지하게 만나기로 했어요."

"…."

"엄마, 왜 아무 말씀도 없으세요. 항승이가 너무 잘해 줘요. 진짜 자상해요. 요즘 너무 행복해요."

"…."

"엄마… 솔직히 말하고 싶었어요. 더 이상 속이고 싶지 않아요. 엄마에게도 당당하고 싶어요."

"주리야."

"네."

"난 네가 왜 굳이 항승이를 만나는지 모르겠다. 물론 항승이는 좋은 사람이겠지만, 네가 동생 때문에도 지금까지 힘들었는데 굳이 왜 힘든 길을 또 선택하려고 하니. 좀 더 편하게 살 수도 있잖아. 엄마는 잘 모르겠어. 그냥 난 우리 딸이 이제라도 좀 더 마음 편히, 행복하게 살았으면 좋겠어. 세상 어느 엄마라도 똑같은 마음일 거야. 늘 참기만 하고 살았던 네가 왜 또 참으려고 하니. 이제 그러지 않아도 되잖아. 굳이 그러지 않아도 되잖아, 주리야."

전화기 너머로 엄마의 목소리가 더 이상 들리지 않았다. 애써 감정을 꾹꾹 눌러 가며 참아 내는 울음소리만 전해졌다. 지금까지 살면서 엄마의 눈물은 딱 한 번밖에 본 적이 없었다. 동생이 사당동에서 실종됐던 날, 비가 오던 가을밤에 얇은 옷 하나만 입고 사라졌는데 밤새 찾을 수 없었던 그날. 엄마는 새벽까지 집에 들어가지 못한 채로 차에 앉아서 울었다. 이 모든 것이 자기 탓이라며, 자신이 제대로 아들을 보지 못해서 도망갔을 때 바로 찾지 못했다고. 그렇게 자책하며 소리 없는 눈물을 흘리시던 그날, 딱 하루였다.

그런데 그날 나의 전화에 엄마는 눈물을 흘리셨다. 세상 모든 사람들에게 못된 사람이라는 이야기를 듣고 살아도 엄마에겐 착한 딸이고 싶었는데, 나 때문에 엄마의 마음을 아프게 하고 싶지 않았는데, 아무 말도 할 수 없는 나 자신이 싫었다.

어색하게 전화를 끊고, 며칠 동안 잠을 이루지 못

했다. 마음만 먹으면 금방 본가로 갈 수 있는 거리에 살았지만, 그러지 못했다. 엄마의 눈물이 내 가슴 깊이 맺혔다.

다가온 주말, 항승을 만나 솔직하게 있었던 일을 털어놓았다. 엄마와의 대화를 있는 그대로 전하다가 터져 나오는 눈물을 더 이상 참을 수 없었다.

"항승아, 엄마에게 너무 미안해. 근데 어쩌지? 난 너 때문에 엄마에게 미안해하고 싶지 않아. 엄마는 내게 너무 소중해."

그와 만난 지 한 달이 겨우 지날 때쯤 난 그보다 엄마를 향한 마음이 더 컸던 것 같다. 그래서 그에게 이렇게 말했는지도 모르겠다. 나에게 너무나도 큰 부분인 엄마를 아프게 하고 싶지 않았다. 그때 아마 내 마음에는 그가 나를 위로해 주며, 우리 관계에 대해 다시 생각하자고 말해 주길 바라고 있었는지도 모른다. 얼마나 이기적인가. '엄마의 눈물'이라는 변명으로 그에게 상처를 주고 있었다.

그는 나의 이야기를 듣는 내내 아무 말도 하지 않

았다. 침묵을 지키며 그저 듣기만 했다. 얼마나 시간이 지났을까. 그가 나의 손을 잡고 아주 담담하게 이야기를 시작했다.

"주리야. 내가 지금 무슨 말을 해야 할까? 나도 잘 모르겠다. 하지만 분명한 건 난 절대 너를 놓치고 싶지 않아. 만약 내가 뭔가 잘못했다면, 아주 용서받지 못할 짓을 한 사람이라면 당연히 물러나겠지만 난 그러지 않았잖아. 이 장애는 나의 잘못도 아니고, 노력한다고 바뀌지도 않아. 그냥 나 자신이야. 그래서 물러날 수 없어. 얼마나 걸릴지는 모르겠지만 너희 부모님께도 인정받고 싶어. 차근차근, 아주 천천히 우리 같이 노력하자."

처음 고백을 하던 그날처럼 그는 아주 침착하게 나의 눈을 바라보며 말했다. 온갖 변명들로 자신을 방어하지 않고 있는 그대로 상황을 바라보았다. 그 앞에서 나는 한 걸음 물러났던 몸을 다시 앞으로 끌어냈다. 엄마를 더 사랑하기 때문에 덜 사랑하는 그를 포기하는 것이 아니라, 그와 사랑하면서도 엄마가 눈물짓지 않을 방법을 찾고 싶어졌다.

전화 통화 이후로 엄마와 나는 한동안 조금 어색한 관계를 유지하며 지냈지만 누구도 먼저 그날의 통화에 대한 이야기를 꺼내지는 않았다. 그렇게 시간이 흘렀다.

우리는 겨울이 되면 주말마다 강원도 스키장으로 향했는데, 부모님께서 때마침 강원도로 이주하셨다. 기회는 이때다 싶어 천천히 조금씩 자주 찾아뵀다.

함께 차를 마시고, 식사를 하는 와중에 그에 대한 긍정적인 이야기를 최대한 풀어 냈다. 요리를 잘하고, 나의 운전 선생님이 될 만큼 베스트 드라이버며, 원만한 인간관계를 유지하고, 종교도 나랑 같으며, 스노보드를 좋아하는 취미도 같다고. 홀로 밥벌이하며 산 지 꽤 오래 됐기에 생활 능력이 정말 끝내준다는 칭찬도 잊지 않았다.

강원도 집은 화목 보일러를 사용하기에 늘 장작이 부족했는데, 그는 틈나는 대로 장작을 패서 쌓아 두었다. 그냥 들기에도 무거운 도끼로 커다란 통나무를 반의반으로 자르는 일. 두 손이 있는 건강한 성인

남성에게도 무척이나 힘든 일이다. 그가 장작을 패면 나는 한쪽에 가지런히 쌓으며 아버지의 눈길이 제발 이곳에 머물기를 기도했다. 화목 보일러는 시골집의 생명이라며 절대 다른 사람의 손에 넘기지 않으셨던 아버지께서 1년이 지나고, 2년 차 겨울이 되자 항승에게 "불 좀 봤나?"라는 아침 인사를 건넸다.

세상에. 아버지께서 아침 첫 보일러 살핌권을 그에게 넘기신 것이다. 그는 설레는 눈빛으로 "네, 아버님! 지금 보겠습니다"라고 대답하며 보일러가 있는 곳으로 달려갔다.

여전히 마음 한편이 무겁던 엄마에게는 어느새 수준급으로 스노보드를 타는 그의 실력을 활용한 작전을 펼쳤다. 스키를 타시는 엄마의 뒤를 따라가며 그가 영상 촬영을 해드렸다. 자신이 스키를 타는 모습을 영상으로 처음 본 엄마는 연신 미소를 지으시며 볼을 붉히셨다.

"항승이 참 대단하다. 그냥 타는 것도 힘들 텐데. 이렇게 영상도 찍을 수 있니?"

다행히 작전이 먹혔다. 엄마는 자전거, 등산, 스케

이트, 스키, 수영 등 운동을 즐겨 하시는데, 그의 불타는 스포츠 정신이 엄마의 마음을 움직인 것이다. 의족으로 스노보드를 타는 것이 얼마나 힘든 일인지 아시기에 그의 도전에 감탄하셨다. 보드뿐만 아니라 자전거, 배드민턴, 수영에 도전하는 그의 열정이 엄마의 스포츠 정신과 짠 하고 만나면서 그때부터 항승을 향한 엄마의 호감도가 상승했던 것 같다. 물론 그뿐만 아니라 그의 한결같은 우직함과 나를 향한 따스한 마음에도 당연히 감동하셨다.

둘째 딸이 겉으로는 사근사근 웃어도 속은 자기 멋대로 해야 직성이 풀리는 사람이라는 걸 너무나도 잘 알고 계시는 "엄마"이기에, 그런 나를 묵묵히 지켜봐 주고 사랑해 주는 그의 마음을 더 느끼셨을 거다.

이때를 다시 생각해 보니, 결국 부모님께서 항승을 딸의 남자친구로, 진지하게 만나는 연인으로 받아들이신 이유는 딱 하나였다. 그가 자신의 장애를 극복하고 비장애인처럼 평범하게 살 수 있는 능력이 있기 때문이 아니라, 항승 그 사람이기 때문이었다.

부모님이 그에게 바란 것은 장애를 극복한 위대한 삶이 아니었다. 그냥 그의 장애를 인정하고, 다름을 받아들이셨다. 그를 처음 부모님께 소개할 때, 나는 그의 장애를 최대한 숨기고 그가 비장애인들과 크게 다름없이 살 수 있다는 점을 강조했다. 하지만 두 분은 장애 유무를 떠나서 항승, 그 자체를 인정하고 그의 사람 됨됨이를 보셨다.

장애인 남자친구를 만나는 것이 엄마에게 미안한 일이 되지 않아서 참 다행이다. 미안하지 않아서 미안하다는 딸의 당당함에 엄마는 웃을까 울까.

# 제 남자친구는 장애인입니다

'장애인 남자친구를 사귀면 어떤 연애를 하게 될까?' 항승과 만나기 전에도 나는 이미 꽤나 많은 연애를 했었다. 연상, 연하, 동갑, 같은 일을 하는 사람, 전혀 다른 분야에서 일하는 사람 등 사실 사람만 바뀌었지 연애를 쉬었던 적은 없었다. 늘 사랑을 찾아다녔다. 하지만 장애를 가진 사람과 연애를 했던 적은 처음이었기에 그와의 연애를 상상하면 우리의 모습이 잘 그려지지 않았다.

'의족을 끼고 오래 걸으면 힘드니까 주로 드라이브 데이트를 하게 될까?', '손이 하나밖에 없으니까 스테

이크 같은 음식이 나오는 식당은 가지 말아야겠지?',
'의족으로 스노보드를 탈 수 있을까? 내가 보드를 탈 동안 항승은 뭘 하며 기다리지?'

그가 할 수 있는 것을 생각하기보다는 장애 때문에 그가 할 수 없는 것이 무엇인지에 대해 먼저 고민하고 해결할 수 있는 방법을 찾아보려 했다.

첫 데이트였던 서울대공원으로 가는 날, 나는 또 다시 고민했다. '입구부터 공원 안까지 꽤나 먼 길을 계속해서 걸어야 하는데, 항승이가 괜찮을까'라는 생각을 시작으로 '그가 힘들어하기 전에 미리미리 자주 앉아서 쉬어야겠다'라는 해결책까지 혼자서 모든 걸 다 계획해 뒀다.

하지만 내가 좋아하는 알 없는 안경에 단정한 재킷을 입은 항승을 그날, 그곳 입구에서 마주 본 순간 모든 고민이 사라졌다. 그와 데이트를 하는 내내 그의 장애를 배려할 만큼 내 정신은 여유롭지 못했다. 그를 향한 사랑을 표현하기에도 시간이 부족했다. 우리는 다른 커플들과 마찬가지로 손을 잡고 코끼리 열

차를 탔고, 공원을 걸으며 끝없이 대화를 나눴다. 북악스카이웨이 팔각정을 17바퀴나 돌면서도 차마 잡지 못했던 그 손을 잡고 함께 걸으니 '우리가 정말 연인이 된 건가' 하는 생각에 다른 것들은 아무것도 떠올릴 수 없었다. 첫 데이트가 끝나고 집으로 돌아와 혼자 생각했다.

'의족을 끼고 걷는 게 많이 힘들지 않은가 보다. 오늘 정말 많이 걸었는데….'

항승은 정말 괜찮았던 걸까? 아니, 사실은 괜찮지 않았을 것이다. 그때는 지금처럼 최신 기술의 의족을 사용하지 못했기에 예전 방식으로 착용하는 의족을 사용하고 있었다. 절단 부위에 면 붕대를 두껍게 감아 의족 안으로 넣는다. 그리고 허벅지 부분에 의족과 다리를 고정하는 벨트를 강하게 조인다. 겉으로 볼 때면 다리에 잘 착용된 의족으로 보이지만 절단 부위가 다른 보호 장치 없이 딱딱한 의족에 계속 맞닿아 있기 때문에 오래 착용하거나 걷게 되면 당사자에게는 피할 수 없는 고통이 따른다.

그 다리로 3시간 이상을 끊임없이 걸었는데 어찌

아프지 않을 수 있을까. 하지만 그는 나에게 자신의 장애로 인한 고통에 대해 말하지 않았다. 적어도 연애를 시작하고 몇 달이 지나기 전까지 나는 그의 아픔을 몰랐다.

'아, 의족을 사용해도 그냥 비장애인과 똑같이 생활할 수 있는 거구나.'

이런 생각을 꽤나 오래 가지고 있었다.

그의 고통을 알게 된 건 나중에 우리가 좀 더 깊은 연인 사이가 된 후였다. 단순히 밖에서 데이트를 하고 헤어지는 것이 아니라 서로의 자취방을 왕래하며 함께 오랜 시간을 보내게 됐을 때 나는 그의 고통을 처음으로 마주할 수 있었다.

잠자리에 들기 위해 그는 의족을 벗기 시작했다. 차가운 철봉이 달려 있는 의족을 빼고 다리에 둘둘 말려 있는 붕대를 하나둘씩 풀어냈다. 의족을 사용하는 방법에 대해 말로만 들었지, 의족을 착용하기 위해 붕대로 감싼 다리를 직접 보는 것은 처음이라서 집중해서 그의 다리를 지켜봤다. 붕대는 풀어도 풀어도 끝나지 않는 실타래처럼 계속해서 이어졌다.

붕대 하나, 붕대 둘, 붕대 셋, 붕대 넷이 줄줄줄 풀리고 나서야 그의 잘린 다리를 볼 수 있었다. 그날도 역시 종일 밖에서 데이트를 한지라, 그의 환부는 꽤나 빨갛게 짓물러 있었다.

"이렇게 짓물렀는데 지금까지 왜 아프다고 말을 안 했어?"

"이 고통은 그냥 내 인생 자체야. 의족을 끼는 순간 고통이 있다고 보면 돼. 이런 부분을 자세하게 다 말하기엔… 굳이 그래야 할 이유는 없잖아. 말한다고 변하지도 않을 거고, 네가 안다고 달라지지도 않고. 나는 평생 이렇게 살아왔어."

부끄러웠다. 지난 몇 달간 여기저기 가고 싶은 곳이 많다며 그를 끌고 데이트를 다녔던 것이 후회스러웠다. '이렇게 아프면서 왜 말을 하지 않았을까, 나에게 아픔을 이야기하는 것이 쓸모없는 일이라고 생각했던 걸까, 내가 자신의 장애를 이해할 수 없다고 단정한 걸까.' 수많은 생각들이 머릿속에 떠다녔다. 거르고 걸러 최대한 그에게 상처가 되지 않으면서 동시에 나의 마음을 잘 전달할 수 있는 말을 꺼냈다.

"나는 너에게 아픔을 주는 사람이 되고 싶지 않아. 이렇게까지 아픈데 어떻게 데이트를 하자고 할 수 있겠어."

"주리야. 너의 마음을 이해하지 못하는 게 아니야. 하지만 나는 이렇게 평생을 살았잖아? 아픔 없이는 아무것도 못 해. 의족은 나에게 고통을 주지만 동시에 나를 걸을 수 있게 해주는 존재야. 이 의족도 나야. 이게 나인 거야."

그와 이런 이야기를 한 건 처음이었기에 조금 당황했지만 단호한 그의 태도에 나는 더 이상 어떠한 말도 덧붙일 수가 없었다. 그래, 인정해야 한다. 나는 그때까지 항승이 비장애인 남자친구와 마찬가지로 나와 연애하기를 마음속으로 바라고 있었을지도 모른다.

'의족을 꼈지만, 오래 걷는 데이트를 해도 괜찮네', '팔이 하나 없어도 운전을 잘하니까 문제없네', '장애가 있어도 다른 사람들과 크게 다른 게 없네', '장애인 박항승과 연애를 하고 있지만 이 남자는 의족을 사용해서 잘 걸을 수 있으니, 그의 장애는 우리의 사랑에 문제가 되지 않아'라는 생각을 끊임없이 나에게 세뇌시키고 있었다.

장애가 있지만 장애인스럽지 않은 항승을 계속해서 바라고 있었다. 하지만 직접 마주한 그의 장애는 생각보다 훨씬 심했고, 그로 인한 고통도 당연히 따라올 수밖에 없는 것이었다.

나에게 굳이 보여 주고 싶어 하지 않았던 그의 장애를 직접 두 눈으로 확인한 순간, 이전의 이기적인 생각이 조금씩 사라졌다. 그제야 있는 그대로의 항승을 바라보기 시작했다.

## 마음의 안정은 산티아고에 있지 않았다

있는 그대로의 항승을 바라보게 된 후 우리의 연애는 조금 더 솔직해졌다. 멋진 모습만을 보여 주기 위해 애쓰지 않았다. 스스로의 부족함이 느껴질 때면 언제든 상대방에게 손을 내밀었고, 상대방은 그 손을 잡아 주었다.

연천과 성북. 차로 꼬박 달려 한 시간 반 거리였기에 가깝다고 말할 수는 없지만 거리와는 관계없이 시간이 날 때마다 함께 시간을 보냈다. 보통의 연인들처럼 거리를 걷고, 맛있는 음식을 먹고, 영화를 보며 팝콘도 나눠 먹는 그런 평범하고 소소한 데이트를 했다.

그렇게 몇 달이 흘러, 나는 대학원 학술 행사 참석을 위해 유럽으로 3개월 여행을 떠나게 됐다. 사랑을 시작한 지 얼마 지나지 않아 오랜 시간을 떨어져 지낸다고 생각하니 '3개월 뒤에도 항승은 여전히 웃으며 날 기다려 줄까?'라는 고민이 들었다.

지금이라면 눈 깜짝할 사이에 지나갈 거라며, 각자의 시간을 충실히 즐기자고 웃으며 서로를 보냈겠지만 연애 초반, 서로를 미처 다 알지 못한 채 떨어져 지내는 3개월은 매우 긴 시간 같았다. 공항에서 항승은 내 다이어리에 무언가를 적기 시작했다.

"주리야. 여행 중에 이 약속들은 꼭 지켜 줬으면 좋겠어. 첫째, 절대! 다른 남자와 뽀뽀하지 않기! 둘째, 술 많이 마시지 않기(500cc까지만. 그 이상은 절대 안 돼요!). 셋째, 모르는 사람이 주는 음식 아무거나 받아서 먹지 않기! 넷째, 감사하고 즐거운, 잊지 못할 여행하고 오기! 할 수 있지?"

비행 내내 저 약속들을 읽고 또 읽었다.

'뭐야, 항승 눈에는 내가 밥 사준다는 사람 다 따라 가고, 아무하고나 술 취한 채로 뽀뽀하는 그런 사람으로 보이나? 애 왜 이렇게 귀엽지? 벌써 보고 싶네.'

하지만 항승의 사랑 가득한 배웅을 받으며 시작한 여행은 시작부터 그다지 순조롭지 못했다.

연극 공부를 하기 위해 진학한 대학원 생활은 매일 깊은 늪으로 빠져 가는 느낌이었다. "주리, 너는 사는 게 재미있니?" 살면서 한 번도 받아 보지 못한 이런 질문들을 매일 마주하며 '나'에 대해 깊게 파내야 하는 시간들의 연속이었다.

학술 행사에서도 마찬가지였다. 하나도 알아듣지 못하겠는 말들이 귓가에 맴돌고, 나는 사람들 사이에 섞이지 못한 채로 그 주변만을 맴돌았다.

'나는 왜 이 모양일까….'

그러던 중 드디어 학술 행사가 끝났고, 계획했던 대로 가진 돈을 탈탈 털어 스페인 산티아고 길로 향했다. '산티아고 순례자의 길을 걸으며 스스로의 삶을 돌아보고 앞으로 나아갈 길을 찾는다'가 당시에 유행이기도 했고, 마음 한편으로는 산티아고에 다녀오면 나를 괴롭히는 이 '열등감의 번뇌'에서 벗어날 수 있을 것 같았다.

'그래, 산티아고만이 지금의 이 못난 나를 변화시킬 수 있는 유일한 길이야!'

40일 동안 매일 약 25km씩 걸으며 스스로의 정신을 단련하는 행위. 복잡한 과정이나 고민 없이 주어진 길을 그저 묵묵히 걷기만 하면 된다니, 마음이 어수선하던 나에게 딱 맞는 길이었다.

하지만 호기롭게 시작한 순례길은 생각만큼 아름답거나 고상하지 않았다. 물집이 터져 피투성이가 된 발에서 오는 육체적인 고통은 이겨 낼 수 있었지만 정신적인 고통은 이겨 낼 수 없었다. 사람들과의 관계에서 오는 스트레스와 열등감으로 지칠 만큼 지쳤던 나는 매일 새로운 사람을 만나며 관계를 만들어 가야 하는 순례길의 섭리에 적응하지 못했다.

지금 생각해 보면 아무것도 아닌 일인데, 번아웃된 상태의 나는 사람들과 마주 앉아 식사를 하며 이런저런 이야기를 나누는 것 자체가 너무 힘들었다. '제발 나한테 말 걸지 말아 줘'라는 무표정으로 접시 속의 파스타만 응시하는 나날이었다.

그러다 동행에게 "우리 그냥 둘이서만 있으면 안 될까?"라는 말을 하기도 했다. 동행은 나에게 "너는 방에 들어가서 문 닫고 혼자 살아야겠다"라는 말을 남겼고, 나는 그 말을 끝내 극복하지 못했다. 그 결과는 길을 걷기 시작한 지 열흘도 채 되지 않았을 때 바르셀로나행 기차에 혼자 올라타는 것이었다.

내 편이라고 믿었던 사람에게 내쳐지는 느낌, 어디에서도 누구에게도 환영받지 못하는 존재라는 자괴감. 다시 신발 끈을 묶고 앞으로 걸어 나갈 힘이 생기지 않았다. 마음을 다스릴 수 있다는 순례길에서 오히려 마음이 조각조각 깨지고 흩어져 버렸다.

스페인의 낯선 기차 안에서 꼬질꼬질 더러워진 가방을 가슴에 안고 혼자 끅끅 울며 이전보다 더한 열등감의 늪에 빠졌다.

'다른 사람들은 멋지게 순례길을 완주하고 축하주를 함께 마실 텐데. 나는 왜 이것조차 끝까지 해내지

못할까. 나는 왜 사람들과 어울리기 힘들까. 나는 여기서 도대체 혼자 뭐 하고 있는 걸까.'

이 지독한 열등감의 늪에서 빠져나올 수 있었던 유일한 구원은 항승이었다. 그가 있는 한국과 내가 있는 스페인은 시차가 있었지만, 그는 언제든 나의 연락을 받아 주었다. 순례길의 실패에 대해 스스로를 비난할 때마다, 그는 언제나 같은 태도로 나에게 말했다. "그랬구나, 지금 많이 힘들겠구나", "돌아오고 싶으면 언제든 한국으로 돌아와, 괜찮아", "넌 지금까지 정말 열심히 했어".

3개월 뒤, 한국에 돌아왔을 때 항승은 변함없는 모습으로 나를 맞아 주었다. 늘 그랬듯이 단단한 미소를 지으며 나를 꽉 안아 주었다. 나를 향한 그의 깊은 지지가 느껴지는 포옹이었다.

나는 겉으로는 차분해 보이지만 속에선 항상 격한 파도가 몰아친다. 스스로 멈출 수 없는 이 파도를 잠재우기 위해 늘 사랑을 찾아 헤맸다. 사랑만이 나의 마음을 안정시켜 줄 수 있을 거라 기대했다.

하지만 세상 어느 누가 파도처럼 변덕스럽고 격동하는 연인을 끝까지 참아 줄 수 있을까. 애인들은 늘 내 고민에 대한 해결책을 찾아 주려 하거나 같이 화를 내주었다. 그리고 마지막은 언제나 나에게 그 화가 돌아왔다.

'더는 못 하겠다. 여기서 그만하자.'

하지만 항승은 달랐다. 어떠한 해결책을 제시하거나 나의 분노에 같이 화를 내지도 않았다. 그는 그냥 내 옆에 존재해 주었다.

"주리야, 그렇게 해서 너의 화가 풀린다면 다 해. 내가 듣고 있어."

항승은 가장 중요한 것은 나의 마음이라며, 어떤 일이 있든 나의 마음만 지켜 낸다면 잘 마무리된 것이라고 했다. 내 등을 토닥이는 그의 손길에 그저 파묻히고 싶었다.

항승을 통해 스스로를 향한 나의 태도도 점점 변했다. 화가 나도 되고, 슬퍼도 되고, 실패해도 된다. 그럴 수 있다. 그래도 된다.

이 험한 세상에 나의 마음에 공감해 주려 언제나 같은 자리에서 든든히 기다리고 있는 사람이 있다는 사실 하나만으로도 나는 마음의 안정을 얻었다. 더 이상 산티아고를 꿈꾸며 만족스럽지 않은 나 자신을 비난하지 않는다.

마음의 안정은 산티아고에 있지 않았다.

# 그럼에도 불구하고 도전하는 오늘

작은 동네였다. 2차선 도로가 동네의 가운데를 관통하고, 그 옆으로 집들이 나란히 자리를 잡고 있었다. 문을 열면 바로 도롯가였지만 통행하는 차가 많지 않은 동네라 어른들은 아이들을 내놓는 것에 별다른 걱정이 없었다. 그런데 4살 항승이 엄마의 손을 잡고 동네 우체국에 갔다가 집으로 돌아가려 도롯가에 서 있던 날은 조금 달랐다. 길을 건너려는데 멀리서 8톤 트럭이 먼지를 내뿜으며 달려왔다.

"차가 지나갈 때까지 잠시 기다리자, 항승아."

"싫어."

항승은 제 또래 아이들이 그러하듯 어머니 손을 뿌리치고 신나게 달려 나갔다. 트럭이 급하게 속도를 줄였지만 소용없었다. 커다란 자동차 바퀴가 그의 몸을 짓이겼다.

사고 소식을 듣고 달려온 항승의 아버지는 항승의 잘린 팔을 떨리는 손으로 신문지로 둘둘 싸서 병원으로 향했다.

"가망이 없습니다. 마음의 준비를 하세요."

"살아 있잖습니까. 뭐라도 해주세요."

"이미 죽은 것과 다름없어요."

결국 그의 어머니와 아버지는 항승과 함께 더 큰 병원으로 향했다. 정신을 놓으려는 아이의 이름을 연신 부르며 힘겹게 도착한 그곳에서 의사는 다행히도 항승을 치료해 보겠다고 했다. 절단되고 훼손이 심한 팔을 다시 접합하는 것은 이미 불가능한 상황이었고, 바퀴에 깔려 너덜너덜해진 다리도 결국 무릎 바로 아래에서 절단할 수밖에 없었다.

그렇게 항승은 오른쪽 팔과 다리를 잃었지만 살아남았다.

너무나도 어린 나이였기에 항승은 사고 당시의 상황이 잘 기억나진 않지만 누워 있던 침대 위, 천장에서 휘날리던 하얀 커튼만은 기억에 선명하다고 말했다. 그의 어린 시절에서 가장 많은 기억을 차지하는 부분은 바로 병원 생활이었다. 사고 후 2년 동안 병원에서 지내면서 수없이 많은 수술을 받았다. 거기서 끝이 아니었다.

사람은 누구나 성장하기에 항승의 잘린 뼈도 시간이 지남에 따라 자라났다. 유치원을 다니면서도, 초등학교를 다니면서도, 중학교를 다니면서도 항승은 주기적으로 뼈를 깎는 수술을 받았다.

'뼈를 깎는 고통'이라는 표현은 목숨을 건 각오 앞에서 필요한 건데 항승은 매번 목숨을 걸고 그 고통을 견뎌야 했다. 수차례 반복되는 수술 때문에 몸 상태는 좋지 않았지만 그래도 항승은 잘 견뎌 냈다.

동네에서 함께 자란 친구들은 항승에게 장애가 있다고 해서 딱히 차별하거나 따돌리지도 않았다. 의족을 끼고 함께 축구도 하고 농구도 했다. 물론 모든 부분에서 비장애인 친구들과 똑같은 대우를 받았던 건 아니다. 많은 경우에서 그는 깍두기였다.

'너는 장애가 있어서 아마 못 할 거야.'

학창 시절, 사람들은 입 밖으로 이 말을 꺼내진 않았지만 태도와 눈빛으로 그에게 말했다. 아무도 그에게 '무언가를 잘해 내기를' 기대하지 않았다. 그는 그저 가만히 존재했다. 가만히 존재하는 삶은 퍽 편했지만 동시에 꽤 불쾌했다.

항승은 고등학교를 자퇴했다. 이후 방문을 걸어 잠그고 세상을 향한 호기심을 닫았다. 그리고 게임에 몰두하며 지냈다. 그런 그를 다시 일으켜 세운 건 부모님이었다.

"너 이렇게 살면 정말 아무것도 할 수 없어."

수소문 끝에 부모님은 한 대안 학교에 그를 입학시켰다. 그는 이곳이 어떤 곳인지, 무엇을 하는 곳인지 전혀 알지 못한 채 학교생활을 시작했다.

이곳에서 항승은 완전히 새로운 인생을 시작하게 된다. 17살이 될 때까지 그는 집 안에서 험한 일 하나 하지 않은, 말 그대로 도련님이었다. 아픈 손가락이었다는 말이다. 가족 중 그 누구도 항승에게 일을 시키지 않았는데 그것은 배려이자 차별이기도 했다.

하지만 대안 학교에서는 그도 다른 학생들과 똑같이 일을 해야 했다. 자급자족의 환경이었기에 모두가 청소를 하고, 밥을 짓고, 빨래를 했다. 이전까지는 해본 적 없었던 '삶을 영위하기 위해 해야 하는 일'들을 하고 있자니 그도 다른 사람들과 똑같은 일상의 한 조각이 된 느낌이었다.

"항승이는 밥을 정말 맛있게 먹는구나."

그저 숟가락으로 밥을 떠서 입에 넣고 씹어 넘겼을 뿐인데, 태어나서 처음으로 들어 보는 칭찬이었다. 굳이 말하지 않아도 될 것들을 모두 찾아내어 아낌없이 칭찬을 해주시는 선생님들 덕분에 항승은 점점 자신감이 생겼다.

"항승아. 너의 장애를 숨기려 할수록 사람들은 너를 어렵게 대할 거야."

수학 선생님의 한마디를 듣고, 그는 상투적인 표현이지만 머리를 한 대 맞은 듯한 충격을 받았다고 했다. 지금까지 차별 아닌 차별을 받아 온 이유는 무조

건 자신의 장애 때문이라고 생각해 왔는데 사실은 그게 아닐 수 있다는 생각이 들었다. 장애를 감추려는 자신의 태도와 행동 때문에 주변 사람들은 그를 더 조심스럽게 대하고 불필요한 말을 하지 않으려 참은 것이었다.

그 후로 그는 태어나서 처음으로 반바지를 입었다. 의족을 감싸는 실리콘 외피가 없었기에 반바지를 입으면 의족의 철봉이 그대로 보이는 상황이었는데도 상관없었다. 다른 사람들의 시선보다 자신의 더위를 해결하는 것이 더 중요했기에 당당하게 반바지를 입었다.

물론 처음엔 쉽지 않았다. 지나가는 사람들 모두가 자신의 다리만 보는 것 같이 느껴져 스스로 위축되기도 했다.

하지만 그 시간을 또 견뎌 냈다. 여기서 포기하면 예전처럼 방문을 걸어 잠그고 들어가 혼자 살아야 한다는 사실이 더 두려웠다. 당장 완벽하게 잘해 낼 수는 없지만 오랫동안 아무것도 시도하지 않은 채 살아

가는 것보다 이것이 훨씬 행복한 삶이라 확신했다.

'첫 시작은 누구에게나 열려 있지만 그것을 지속하는 힘은 스스로 찾아내고 만들어 가야 한다.'

항승은 반바지 입기를 시작으로 새로운 도전들에 뛰어들었다. 의족으로 산행은 절대 할 수 없을 것이라 생각하며 살아왔는데 '우리 학교 학생이라면 모두 하는 것이니 당연히 너도 할 수 있다'는 선생님의 말씀에 그는 처음으로 산에 올랐다. 물론 그 과정이 결코 쉽지는 않았다.

그때까지만 해도 계속해서 자라나는 뼈를 잘라 내는 수술을 하고 있었기에 환부의 상처는 늘 들떠 있었다. 그런 다리를 끌고 설악산 정상에 가는 일은 상상하기조차 힘든 고통을 수반하는 일이었다. 다른 학생들의 속도에 맞출 수 없었기에 처음부터 끝까지 맨 뒤에서 길을 걸었지만, 항승은 혼자가 아니었다.

그가 힘겨워할 때마다 어깨를 내어 주는 교장 선생님과 함께였다. 덕분에 그는 힘차게 땅에 발을 디뎠다. 다른 학생들보다 몇 배나 오래 걸린 등산길이었지만 항승은 포기하지 않고 정상으로 향했고 옆에서 묵묵히 함께해 주신 교장 선생님의 지지를 딛고 끝까지 산을 올랐다. 이후로 산행 외에도 틈만 나면 새로운 도전들에 몸을 던지며 자신을 못살게 굴었다.

그의 지난 이야기를 들으면서 이 질문이 계속 머릿속에 맴돌았다.

'굳이 하지 않아도 되는 도전들을 계속하는 이유가 뭘까?'

의족을 끼고 '굳이' 산행을 해야 할 이유가 없다. 아픈 다리를 끌고 '굳이' 격한 운동을 해야 할 이유가 없다. 스스로에게 고통을 주는 일 외에도 즐겁게 할 수 있는 일이 많을 텐데, 왜 '굳이' 자꾸 몸을 움직여 도전하는 걸까.

이런 나에게 항승은 말했다.

"안 된다는 말을 계속 듣다 보니 오기가 생기더라. 나에게 안 된다고 말한 사람들에게 '당신이 틀렸어. 나는 할 수 있어'라고 말해 주고 싶었어. 도전은 결코 쉽지 않아. 그렇지만 절실했기에 노력해서 해낸 거야. 사실 노력을 안 하고 그냥 살아도 괜찮아. 다른 사람들의 말에 수긍하며 적당히 스스로를 포기하고 사는 거지. 그런데 그게 무슨 의미가 있어?"

항승은 절실하게 도전하며 살아왔다. 매일이 새로운 도전의 연속이었고 많은 경우에 만족할 만한 결과를 얻기는 힘들었지만 그래도 도전을 멈추지 않았다. 이 모든 게 절실함이었다.

## 남들의 시선은 중요하지 않아

궁정의 대명사, 박항승이라고 해도 웃어넘길 수 없는 것이 있다. 그건 바로 사람들의 무례한 시선이다. 긴 바지와 긴팔 상의를 입을 때는 그의 장애가 겉으로 잘 보이지 않는다. 유심히 봐야 오른쪽 팔이 없다는 것을 알 수 있다. 하지만 여름이 오고 반팔 상의와 반바지를 입을 때면 길거리를 걷는 내내 사람들의 시선을 받아야만 한다. 물론 모든 시선이 잘못됐다는 것은 아니다. 누구나 '낯선 존재', '나와 다름'에 대해서는 일단 시선을 줄 수밖에 없다. 하지만 그 안에 내재된 무례한 의미들을 읽을 때면 그는 마치 죄인 취급을 받는 듯 불편해진다.

30년이 넘도록 이런 시선을 받아 온 항승은 이제 익숙하다. 더 이상 자신의 장애가 부끄럽다거나 가려야 하는 것이라고 생각하지는 않는다. 다만 주목을 받아야 하는 것이 불편할 뿐이다. 가끔 자신의 기분이 좋지 않은 날에는 그런 시선을 건네는 사람과 얼굴을 맞대고 "왜 그렇게 뚫어지게 쳐다보세요? 뭐 잘못됐나요?"라고 말하고 싶은 마음이 들 정도로 기분이 나쁘다고 한다. 사실 처음엔 이 부분이 잘 이해되지 않았다.

"항승아. 매일 반복되는 일이고, 어차피 변하지 않을 상황인데 그냥 무시하면 안 되니?"

"주리야. 그건 변함없이 어제도 기분 나빴고, 오늘도 기분 나쁘고, 내일도 기분 나쁠 거야. 빤히 바라보는 그 시선 자체가 싫어."

사람들의 시선에 별로 연연하지 않고 사는 항승이라 생각했는데 이 부분을 아직도 힘들어하고 있다는 사실이 조금 놀랍기도 했다. 내가 그처럼 장애가 있지 않는 이상 이건 평생 이해하지 못할 거라 생각하며 우리는 늘 조금은 불편한 마음으로 대화를 마무리하곤 했다.

어느 날, 놀이공원에서 데이트를 하다가 드디어 일이 터졌다. 둘이 함께 놀이공원에 간 건 처음이라서 설레는 마음을 가득 안고 평범한 연인처럼 데이트를 즐겼다. 캐릭터 머리띠를 서로에게 씌워 주며 자기가 더 귀엽다고 억지를 부리기도 하고, 무서운 놀이기구를 탈 때면 그의 품에 얼굴을 파묻고 소리를 지르기도 했다. 그렇게 보통의 데이트를 마치고 주차장을 향해 걸어가던 중 갑자기 누군가가 우리를 향해 뛰어와 급하게 말했다.

"저기요. 다리 좀 가리고 다녀요."

50대 후반은 족히 넘었을 경비원은 이 한마디를 남기고 다시 본인이 있던 곳으로 뛰어가기 시작했다. 우리 둘은 그 한마디에 아무런 대응도 할 수 없었다. 그와 함께 다니면서 이런 무례한 이야기를 면전에서 직접 들은 건 처음이었다.

순간 숨이 턱 막혔고 몸이 돌처럼 딱딱하게 굳었

다. 입술이 옴짝달싹했지만 목소리는 나오지 않았다. 하지만 이 상황을 그냥 넘어갈 수는 없었다. 이건 내가 사랑하는 나의 남자, 항승을 대놓고 무시한 것이기에 도저히 참고 있을 수가 없었다.

"지금 뭐라고 하셨어요? 네?"

큰소리로 외쳤지만 그 경비원은 뒤도 돌아보지 않고 성큼성큼 사라져 버렸다. 그날은 몹시 더운 여름날이었기에 항승은 당연히 반바지를 입었다. 그리고 놀이공원 안에 있던 대부분의 사람들도 모두 짧은 바지를 입고 있었다.

그는 의족에 실리콘 외피를 끼고 다니지 않는다. 사람의 진짜 다리처럼 보이게 하는 실리콘 외피는 사실 심미적 기능 외에는 특별한 기능이 없다. 무겁고 착용하기도 불편한 외피를 굳이 낄 필요가 없다고 판단해서 이미 고등학생 때부터 사용하지 않았다.

"그 외피는 나를 위한 게 아니야. 그걸 한다고 해서 나에게 도움이 되는 부분은 하나도 없어. 오히려 불편하기만 하지."

그날 이후 블로그에 글을 썼고, 놀이공원 측의 사과를 받았다. 우리는 홍보 행사에 커플로 초대되기도 했다. 연예인이 탈 법한 커다란 밴이 우리를 태우러 왔고, 사장님과 악수를 하며 수십 명의 기자들 앞에 서기도 했다. 태어나서 처음 먹어 보는 값비싼 코스 요리와 두 손으로도 들기 힘든 커다란 꽃다발을 받고 나니 '내가 지금 여기서 뭘 하는 거지'라는 생각이 들기 시작했다.

내가 원했던 것은 경비원의 그 말이 개인의 의견인지 아니면 놀이공원 측의 공식 입장이었는지를 알고 싶었던 건데. 더 나아가 이런 상황이 다시 발생하지 않도록 놀이공원 내 장애인 이용에 대한 회사의 방침을 재정립하여 공고하는 것까지도. 그때는 내가 덜 깨어 있는 상태였나 보다. 정확한 절차를 밟아 달라고 요구할 패기가 부족했다.

항승을 향한 시선은 얼마 지나지 않아 나에게까지 전해졌다. 우리는 평소 대중교통을 잘 이용하지 않는다. 아무래도 그가 의족을 사용하다 보니 흔들리는 버스나 지하철에서 오랜 시간 서 있는 것이 쉽지 않기 때문이다. 그래도 붐비는 서울 시내에 나가야 할 때면 대중교통을 이용할 수밖에 없기에 가끔은 그와 손을 꽉 잡고 지하철과 버스를 탄다. 그날도 그런 날이었다.

뭔가 이상한 기운이 느껴졌다.

여자 1 : (시선을 옮기다가 항승의 팔을 본다)

항승 : 그래서 주리야….

주리 : (여자 1의 시선을 느끼지만, 별다른 행동은 하지 않는다)그랬구나, 항승아.

여자 1 : (한쪽 팔이 없는 항승을 보고, 머리끝부터 발끝까지 훑어보기 시작한다)

주리 : (여자 1의 시선을 따라가지만, 별다른 눈치는 주지 않는다)

여자 1 : (항승에게 있던 시선이 주리에게 향한다. 역시 머리끝부터 발끝까지 훑는다)

주리 : 항승아, 이런 시선 오랜만이네. 우리가 지하철을 오랜만에 탔나 보다.

항승 : 오늘도 그래? 하하하.

여자 1 : (주리의 팔과 다리, 얼굴을 자세히 살펴본 후 다시 항승의 팔을 바라본다)

위의 상황은 그리 오래 걸리지 않는다. 우리 둘을 번갈아 가며 훑는, 그 무례한 시선은 약 5초 내외에서 끝난다. 하지만 언제나 그렇듯 여자 1이 사라지면 다시 남자 1이 나타나고, 남자 1이 또 사라지면 여자 2가 새롭게 나타난다. 계속 반복된다.

물론 팔과 다리가 하나씩 없는 절단 장애인을 길거리에서 만나는 건 그리 흔한 일은 아니다. '낯선 존재', '나와 다름'을 눈앞에서 마주하게 될 경우 당연히 눈길이 갈 수 있다. 앞에서 말했듯이 그 자체가 잘못됐다는 것이 아니라 그 시선 속에 담겨 있는 의미가 우리에겐 너무 강한 폭력이 된다는 것이다.

'이상하다. 남자가 팔이 없는데… 여자는 정상인인가? 분명 어딘가 하자가 있지 않을까?'

우리 둘을 훑어보는 사람들의 머릿속에 어떤 생각이 들어 있는지 너무나도 잘 보인다. 그들은 말로 표현하지 않았지만 이미 시선으로 모든 것을 말하고 있었다.

'멀쩡한 사람이 왜 장애인을 만나지?'

호기심 어린 그들의 시선에 이렇게 외치고 싶은 적이 많았다.

"안녕하세요! 제 이름은 권주리입니다. 제 옆에 있는 팔 하나 다리 하나 없는 이 사람은 제가 세상에서 제일 사랑하는 남자 박항승입니다. 저희는 소개팅으로 만났고, 보통의 연인들처럼 지금 데이트 중입니다! 저는 비장애인이고 평범하게 일하며 살아가는 사람입니다. 뭐 더 궁금한 거 있으세요?"

물론 그랬다가는 상대방과 바로 다툼이 생길 것이므로 항상 내 속에서 삭이곤 했다. 이런 일들이 반복되면서 나는 점점 더 오기가 생겼다.

그와 데이트를 할 때면 내가 가진 옷 중에 가장 세련되고 멋진 옷들로 골라 입었다. 최대한 나에게 어울리는 화장을 하고 머리를 매만졌다. 그에게 예쁘게 보이고 싶은 마음에서가 아니었다. 우리를 차례로 훑어보는 사람들의 무례한 시선에 대해 내 온몸으로 답을 하고 싶었다.

이런 나를 보고 어떤 사람들은 "장애인과 사귀는 것에 대해 더 당당한 척, 아무렇지 않은 척하는 듯"이라고 말하기도 한다. 처음엔 그 사람을 찾아가 멱살을 잡고 싶을 정도로 화가 났지만 곰곰이 따져 보니 그게 맞았다. 나는 일부러 더 당당한 척했다. 나의 선택에 대한 신념을 지키기 위해, 내가 사랑하는 항승이 더 이상 상처받지 않고 살았으면 좋겠다는 마음을 실천하기 위해 더 당당하게 행동했다.

편견 어린 시선들에게 말하고 싶다. 우리의 사랑은 장애인과 비장애인의 사랑이 아니라 그냥 항승과 주리의 사랑이라고.

2

# 너에게는 뭐든
# 다 해주고 싶었어

## 연애와 결혼은 다르다는데
## 너와는 두 개 다 하고 싶어

자취 4년을 넘어 5년 차가 된 29살의 여름. 그날도 똑같이 혼자 잠을 자고, 혼자 밥을 차려 먹고, 혼자 청소를 하다가 일을 다녀왔다. 매일 반복되는 혼자만의 일상. 혼자 있는 시간이 꼭 필요했던 나였는데 자취 5년 차가 되니 조금 외로워졌다. 잠시 룸메이트와 함께 살기도 하고, 부모님 댁을 오가며 반 자취 생활을 하기도 했지만 마음 한구석에서 감출 수 없는 외로움이 커져만 갔다.

눈을 감고 앞으로의 인생을 그려 봤다. 계속 혼자 살고 싶은지 아니면 결혼을 하고 싶은지. 하나하나 따져 보니 내 마음은 후자에 좀 더 가까웠고, 그 선택의 중심에는 항승이 있었다.

핸드폰을 꺼내 항승에게 전화를 걸었다. 그해 8월은 유난히 더웠고 핸드폰의 열기 때문인지 아니면 어떤 떨림 때문인지 이상할 만큼 많은 양의 땀이 쏟아졌다.

"항승아. 너 나중에 나랑 헤어질 거야?"

"무슨 소리야? 갑자기? 당연히 아니지!"

"역시 아니지? 그럼 나랑 결혼할래?"

그는 나의 갑작스러운 프러포즈를 전혀 예상하지 못한 듯 머뭇거렸다. 조금 더 경제적 기반을 쌓은 상태에서 결혼하고 싶어 했던 항승은 나의 제안에 놀랐다. 하지만 따져 보니 결혼 시기는 그다지 중요하지 않은 문제기에, 아주 잠시만 고민하고 이내 승낙했다.

"… 그래."

4년간 연애를 하면서 우리는 마음속으로 이미 앞으로의 일까지 예상하고 있었는지도 모른다. 그렇게 속전속결로 이루어진 프러포즈와 함께, 반년 뒤에 결혼식을 올리면 되겠다고 생각을 하고 나니 '우리가 정말 결혼이라는 걸 할 수 있을까?'라는 고민이 들었다.

결혼을 하기 위해서는 일단 돈이 필요한데, 그때까지 서로의 경제적인 상황을 정확히 알지 못했다. 그래서 한가롭던 주말, 항승과 마주 보고 앉아 처음으로 서로의 통장을 공개했다. 각자 A4 용지를 한 장씩 앞에 두고 아래 항목에 대해 솔직하게 있는 그대로의 숫자를 적었다.

1) 저축 내역
2) 채무 내역
3) 평균 수입/지출 내역
4) 예상 가능한 내년도 수입/지출 내역

유쾌한 데이트를 즐기던 여느 주말과는 달리 사뭇 진지한 분위기가 우리를 감싸 안았다. 대학원생이자 연극 강사로 일하고 있던 나와, 기간제 특수 교사로 일하던 항승의 데이트 비용 부담은 평소 3:7 정도.

아무래도 수입이 불규칙한 나보다 매달 월급을 받는 항승이 더 많은 지출을 부담해 주었다.

우리의 지출을 적어 내려가는 순간 둘 다 입을 다물 수가 없었다. 항승은 17살에 대안 학교 기숙사 생활을 시작으로 12년간 자취를 하며 살아왔고, 대학을 졸업한 직후부터 스스로 번 돈으로 타지를 돌며 생활했기에 큰돈을 모아 놨을 리가 없다. 그 사실을 충분히 알고 있음에도 불구하고 실제로 종이에 적힌 숫자를 보니 앞이 깜깜했다.

'아, 우리가 타고 다니던 중고차 붕붕이의 유지비가 바로 여기서 빠져나간 거구나…'라는 생각에, 달콤했던 지난 시간들이 주마등처럼 스쳐 지나가기도 했다. 하지만 바로 정신을 다잡고 나의 내역을 공개했다.

학생이자 동시에 연극 강사로 활동하며 최선을 다해 수입을 올리고자 노력했지만 결과는 영 만족스럽지 못했다. 지출 항목에서 굳이 쓰지 않아도 될 비용들이 꽤 있었고, 식재료 구입 영수증보다 편의점 도시락과 김밥천국 영수증이 더 많았다. 게다가 자취를 하며 자잘하게 나가는 비용들을 모아 보니 그 비용이 생각보다 컸다. 집만 따로 있을 뿐, 한 집에서 함께 먹고 자는 시간이 더 길었기에 월세, 관리비, 인터넷 약정비 등 중복되는 지출이 아까웠다.

"항승아. 우리가 결혼을 해야만 하는 이유가 여기 있다. 오늘부터 통장을 합치자."

서로의 통장을 합치기 전에는 뿌연 안개 속에서 둘이 손을 잡고 걷는 느낌이었다면, 통장을 합치고 나니 우리가 앞으로 어떻게 나아가야 할지 결정할 수 있는 힌트를 얻은 것 같았다.

서로의 솔직한 재무 상태를 확인하니 결혼이라는 놈의 실체도 우리에게 한 발짝 더 가까워진 느낌이 들었다.

# 사랑에 장애가 있나요

통장을 공개한 후에 우리는 결혼 허락이라는 관문에 도착했다. 4년간 연애를 하면서 이미 서로의 본가에 많이 다녀가긴 했지만 “저희 결혼하겠습니다”라는 말을 하러 가는 건 처음이었기에 심장의 두근거림을 멈출 수가 없었다.

29살의 초가을, 아버지의 생신에 그가 정장을 입고 나타났다. 평소 집을 올 때 편한 운동복을 입고 다녔던 그이기에 갑작스러운 정장 차림이 낯설게 느껴졌을 수도 있는데 부모님은 아무 말씀도 하지 않으셨다. 아마 우리의 계획을 다 느끼셨겠지만 일부러 말씀을 하지 않으셨던 것 같다. 그렇게 생신 잔치는 밤늦도록 이어졌다.

시간이 길어질수록, 숯불 위의 삼겹살이 타들어 가는 것처럼 나의 입술도 바짝바짝 말라 갔다. 도무지 결혼 이야기를 꺼낼 타이밍을 찾을 수가 없었고 우리는 결국 '에라, 모르겠다'라고 생각하며 계획을 포기하고 고기를 구웠다.

다음 날, 항승과 나 그리고 부모님과 함께 차를 타고 안흥에서 찐빵을 사고 돌아오는 길이었다. 나는 '이때다!' 하는 생각이 들었다. 사실 결혼 허락을 받는 상황을 상상하면 두 사람이 거실에서 무릎을 꿇고 최대한 진지한 표정으로 "따님을 정말 사랑합니다. 따님과 결혼하고 싶습니다"라고 말하는 장면이 떠오른다. 그런데 찐빵을 사서 오는 차 안에서의 결혼 허락이라니, 영 분위기가 살지 않았지만 더 미룰 수 없었다. 나는 부모님이 앉아 계신 앞 좌석으로 머리를 쑥 들이밀고 단호하게 말했다.

"아버지, 어머니. 저 항승 씨랑 결혼하려고요."

두 분은 아무 말씀 없으셨다. '설마 결혼을 반대하시는 건가?'라는 생각이 휙 스쳐 가려는 찰나에 아버지께서 툭 하고 한 말씀을 던지셨다.

"벌써 말을 하냐. 결혼식 하루 전에 이야기해라."

원체 자식들의 삶에 '감 놓아라 배 놓아라' 하는 스타일이 아니신지라 예상은 했지만 이런 말씀을 하실 줄은 몰랐다. 그래도 한국 정서상 결혼식 반년 전에는 말씀을 드려야 하는 거 아닌가, 생각을 정리하고 있을 때쯤 어머니도 한 말씀 건네셨다.

"우리가 뭐 할 말이 있겠니. 그냥 이 찐빵처럼 따끈따끈하게 살아라."

어머니가 건네주신 찐빵을 한입 베어 무니, 결혼에 대한 모든 답을 들은 것 같았다. 분명 함께 살아가면서 즐겁고 행복한 일들보다는 어렵고 괴로운 날들이 더 많겠지만, 이 찐빵처럼 꽉 찬 속으로 둘이 따끈하게 붙어 산다면 우리는 그 어떤 시련도 지금처럼 헤쳐 나갈 수 있을 것이다. 이렇게 우리 부모님의 결혼 허락은 찐빵과 함께 순식간에 정리됐다.

다음은 항승의 부모님께 말씀을 드릴 차례였다. 바로 다음 주에 아버님의 생신이 있었기에 우리는 일주일 만에 다시 짐을 챙겨 항승의 집으로 향했다. 목포 집에 도착하니 일주일 전 우리 집의 상황이 데자뷰처럼 느껴졌다. 최대한 단정한 원피스를 입고 단아하게 화장을 하고 갔던 나는 어느새 냉장고 바지와 티셔츠를 입고 고기를 굽고 있었다.

'우리는 왜 맨날 고기만 구울까'도 생각했지만 이건 중요한 것이 아니었다. 나는 다시 타이밍을 살폈다. 숯불에 삼겹살이 바짝 익어 갈 때쯤 항승의 입술이 움찔하며 떨어지려 했지만, 결국 결혼에 대한 이야기는 꺼낼 수 없었다.

가족 모두가 집 마당에 모여 삼겹살을 구워 먹는 상황에서 결혼을 말하기가 분위기상 어려웠다. 이번에도 실패였다.

집으로 들어와 차 한잔을 앞에 두고 드디어 항승이 입을 열었다.

"아버지, 어머니. 저 주리랑 올겨울에 결혼하겠습니다."

"뭐, 너희들이 알아서 하는 거지."

이 멘트 역시 어쩐지 낯설지 않았다. 아버지들은 모두 이런 멘트를 마음속에 준비하고 계시는 걸까? 아니면 자식의 결혼 고백 앞에서 심하게 요동치는 마음을 애써 다잡기 위해 최대한 담담한 척 말씀하시는 걸까. 아마 그동안 우리의 모습을 보시면서 아셨겠지. 우리가 순간의 얄팍한 감정으로 서로를 선택한 것이 아님을.

이제 와 생각해 보면 연애 초반에는 '항승과 연애는 할 수 있지만 결혼까지는 힘들지 않을까' 생각했었다. 내가 평생 그의 장애를 감당할 수 있을지, 부모님의 허락을 받을 수 있을지 확신하기 어려웠다.

그러나 깊고 솔직한 연애 끝에 이 고민들은 하등 쓸모없는 생각이 되었다. 우리의 관계에서 그의 '장애'는 하나의 특징일 뿐 문제의 핵심이 아니었다.

과연 사랑에 장애가 있을까, 없을까. 지금까지는 애틋한 사랑으로 이 관계를 지켜 왔는데 과연 결혼이라는 새로운 상황 안에서도 우리는 그럴 수 있을까?

답은 아무도 모른다. 예상조차 할 수 없다. 그럼에도 기꺼이 그 사랑에 빠져 보고자 우리는 결혼을 선택했다.

## 스노보드 타고 결혼 행진

결혼 허락을 받고 좋아서 어쩔 줄 모르던 우리 둘 앞에 또 다른 관문이 있었다. 상견례, 박람회 투어, 식장 투어, 스드메 예약, 한복 맞추기, 스튜디오 촬영, 신혼여행 예약, 예단 주고받기 등 뭐 이렇게 해야만 하는 것들이 많던지. 넉넉하지 않은 예산으로 결혼을 준비하며 모든 것들을 다 챙기기에는 무리라는 판단을 내리고, 우리가 원하는 결혼식은 무엇일까에 대해 좀 더 세밀히 그려 보았다.

"항승아, 네가 바라던 결혼식 그림이 있어?"

"특별했으면 좋겠어. 우리만의 이야기가 담겨 있

으면 더욱 좋고! 우리 둘 다 스노보드를 좋아하니까 스키장에서 결혼식을 올리면 어때? 스노보드를 타고 행진하는 거야!"

항승은 아무도 떠올리지 못한 생각을 해낸 자신이 뿌듯했는지 의기양양하게 외쳤다. 순간 '그게 가능한 이야기인가'라는 의문이 들었지만 항승의 망설임 없는 표정을 보고 일단 고민해 보기로 했다. 사실 그때까지만 해도 정말 스키장에서 결혼식을 할 수 있을 거라고는 생각하지 않았다.

우리의 하객은 대부분 서울에 계신데 그 몇 백 명을 모시고 강원도 스키장으로 가는 것이 불가능하지 않을까, 라는 생각이 들었다. 하지만 마음만큼은 이미 스노보드를 타고 행진하고 있는 항승을 보고 있자니 그냥 무시할 수만은 없었다.

'항승이 저렇게 원하는데 일단 부딪혀 보자'라는 생각이 들어, 자주 다니던 스키장에 전화를 걸어 보니 우선 장소는 예약 가능하다는 답변을 받았다. 그 후의 선택들은 일사천리로 진행됐다. 결혼식이 열릴 홀 답사를 진행했고 여러 가지 조건을 조율한 후 계약서에 사인을 했다.

워낙 산골에 있는 리조트라서 실제 결혼식이 진행되는 경우는 사실 많지 않았다. 그렇기에 갖춰진 집기들은 적어도 유행이 십 년은 지났을 정도의 것들이었다. 항승의 바람대로 스키장에서 결혼식을 하는 건 나도 좋지만, 이렇게 때가 탄 조화 더미 아래에서 나의 결혼식을 올리고 싶지는 않았다. 그래서 바로 웨딩 데커레이션을 알아보았다.

하나에 빠지면 끝까지 파는 집요한 성격의 나는, 대한민국의 거의 모든 웨딩 데커레이션 업체의 정보를 찾아봤다. 정말 마음에 드는 업체를 찾았지만 우리가 감당할 수 있는 수준의 비용이 아니었다. 결혼 예산을 쪼개고 쪼개서 겨우 맞출 수 있는 업체들도 있었지만 이미 마음에 든 업체가 있었기에 다른 곳은 눈에 차지 않았다.

차라리 꽃과 집기들을 구입해서 웨딩 아치와 장식들을 직접 만들까도 고민하며 온갖 장식 사진들을 수집하기도 했다. 하지만 신부가 결혼식 당일 아침에

꽃과 집기들을 설치하고 장식하고 있는 모습은 상상이 가질 않았다.

결국 망설임 끝에 가장 마음에 들었던 업체에 방문해 보기로 했다. 업체가 위치한 청담동은 '웨딩의 성지'답게 무언의 압박감이 느껴졌다. 나는 살짝 기가 죽은 모습으로 문을 열고 들어갔다.

이름만 대면 모두 아는 유명 연예인들과 셀럽들의 결혼식을 도맡아 제작을 진행해 온 업체라서 상담을 시작하면서부터 나는 점점 더 작아졌다.

조심스럽게 말을 꺼냈다.

"디렉터님…. 혹시 스키장 결혼식은 연출해 본 적 없으시죠…?"

스키장이라는 단어를 꺼내자 나에게도 뭔지 모를 자신감이 생겼다. 그동안 직접 모아 놓은 해외 스키장 결혼식 콘셉트 자료들을 모두 꺼내 디렉터님 앞에 펼쳐 놓았다. 자세하게 결혼식에 대해 설명을 하고 나니 디렉터님도 우리의 이야기에 점점 관심을 보이기 시작하셨다. 항승의 교통사고, 우리의 연애, 출연했던 다큐멘터리 방송 등에 대해 천천히 설명하며 우리가 왜 스키장 결혼식을 직접 준비하게 됐는지에 대해서까지 말을 이어 갈 수 있었다.

"그럼 예산은 어느 정도까지 가능하신가요?"

"최대 300만 원입니다."

나의 당당한 '300'이라는 숫자를 들은 디렉터님은 짐짓 당황하셨다. 한 손으로 턱을 쓸어내리며 기존의 계약서를 우리에게 보여 주셨다. 인터넷으로 찾은 정보보다 훨씬 큰 금액에 내 눈을 의심했다. '아, 이렇게 상담이 마무리되는구나'라는 마음으로 자리를 정리해야겠다는 생각을 했을 때 디렉터님이 말씀하셨다.

"하시죠. 해보겠습니다."

이렇게 시작된 스키장 결혼식 준비는 그 뒤로도 정말 많은 사람들의 도움을 받아 진행됐다. 블로그에 우리의 사랑 이야기를 연재한 지도 4년, 꽤 많은 독자분들이 나의 글을 읽고 공감해 주셨다. 그중에는 베테랑 웨딩 플래너님과 웨딩 촬영 전문가, 스키장 관계자도 계셨다. 모든 것을 셀프로 계획 중이던 우리를 예쁘게 여겨 주신 웨딩 전문가 독자분들은 아낌없는 도움을 주셨다.

인터넷에서 구입한 3만 원짜리 웨딩드레스만 입고 결혼식을 끝낼 줄 알았는데…. 많은 분들의 도움으로 갖춰진 드레스와 화장을 하고 야외 촬영을 하려니 너무나도 낯설었다. 동시에 이걸 돈으로 환산하면 수백만 원을 훌쩍 넘기에 부담스러워 마음이 무거워졌다. 나의 표정을 읽었는지 항승은 말했다.

"주리야, 도움은 감사히 받으면 되는 거야. 우리도 누군가에게 이런 도움을 줄 수 있는 기회가 생기면 그때 우리의 것으로 보답하자."

나는 고개를 끄덕였고, '받은 도움을 감사하게 즐기고 행복한 마음으로 보답하며 살자'라는 마음을 가졌다.

그날 나는 어릴 적부터 꿈꿔 오던 반짝이는 드레스를 원 없이 입고 스키장 슬로프 위에서 웨딩 촬영을 했다. 체감 온도 영하 20도였던 그날, 항승은 나에게 처음으로 겉옷을 벗어 주지 않았다. 양복을 차려입은 그도 이가 덜덜 떨릴 만큼 추웠으니 어깨와 다리를 모두 노출한 채 미니 웨딩드레스를 입고 스노보드를 타던 나는 얼마나 추웠을까, 상상해 보시길.

“추워 죽겠어!!!”를 외치며 산 정상에서 스노보드를 타고 내려오는 나에게 슬로프 위의 사람들은 환호와 박수를 건넸다. 지금 다시 생각해 봐도 이건 ‘결혼뽕’이 아니면 절대 할 수 없는 일이었다.

드디어 결혼식 당일. 디렉터님은 스노보드를 활용해서 식장을 꾸며 주셨다. 부츠에 꽂혀 있는 하얀 꽃이 꼭 슬로프 위의 눈처럼 보였다. 정신없이 하객들을 맞이하다 보니 어느새 식장 한가운데서 부모님의 덕담을 들을 차례가 됐다.

첫 시작은 항승의 아버지셨다.

“너희는 보통 사람들과 다른 사람들이야. 그러니 신랑은 신부를 평생 동안 사랑하길 바란다. 신부는 평생 신랑을 존경하고 사랑하고 복종하는 아내가 되기를 바란다.”

물론 ‘복종’이라는 단어를 종교적인 의미에서 비유적으로 사용하셨겠지만 홀 안의 사람들은 모두 깜짝 놀라 뒤집어졌다. '권주리 재가 저런 말을 듣고 가만히 있을 사람이 아닌데…. 여기서 결혼식 끝나는 거 아니야?'라는 눈빛이 여기저기서 느껴졌다. 하지만 모두의 걱정을 한 방에 깨준 사람이 있었으니, 바로 나의 어머니였다.

"… 바깥사돈, 주리에게 복종하라고 하셨죠. 저도 그럼 사위에게 한마디 하겠습니다. 사위, 우리 주리가 굉장한 페미니스트야. 그러니 주리 앞에서 여자가~ 여자가~ 이런 말을 하면 주리가 많이 화가 날 거야. 그런 말은 삼가 주길 바랄게. 앞으로도 남들보다 더 예쁘게 더 행복하게 더 따뜻하게! 포에버!!"

어머니는 한순간에 홀 안의 분위기를 역전시키며 다시 유쾌한 결혼식으로 이끌어 주셨다.

장애인과 비장애인의 결혼식을 상상하면 비장애인의 가족, 친구들이 고개를 돌린 채 눈물을 훔치는 장면이 떠오르기도 한다. 하지만 우리의 결혼식은 그렇지 않았다. 아무도 울거나 슬퍼하지 않았다. 그럴 이유가 전혀 없었고 그래서 더 좋았다.

처음부터 끝까지 유쾌했다.

스키장에서 결혼식을 올린 이유, 바로 '스노보드 행진' 때문이었다. 신랑 신부가 턱시도와 드레스를 입은 채로 스노보드를 타고 슬로프를 내려오는 것. 본식이 끝나고 하객분들은 손에 풍선을 하나씩 들고 슬로프로 이동했다. 그 사이 약 10분 동안 우리는 분주하게 스노보드 부츠를 신었다. 드레스 끝자락을 잡아 주는 헬퍼님의 도움를 받으며 대기실로 이동하는 신부가 아니라, 직접 무거운 스노보드를 들고 부츠를 신은 채로 성큼성큼 걸어가는 신부라니. 에스컬레이터를 타고 내려가던 중 옆면 유리에 비친 내 모습이 정말 웃겼다.

'그래, 이게 바로 우리가 원하던 결혼식이야!'

슬로프에는 이미 많은 하객분들이 모여 우리의 행진을 기다리고 있었다. 최대한 따뜻한 옷과 신발로 참석해 달라는 청첩장의 문구에 맞게, 대부분 운동화와 부츠를 신고 눈 위에 서 계셨다. 하객분들의 환호를 받으며 리프트를 타고 위로 올라가는 동안 항승과 이런 대화를 나눴다.

"항승아, 우리가 확실히 제정신은 아닌 것 같아."

"주리야, 그래서 나는 우리가 너무 좋아."

스노보드 친구들과 함께 헬륨 풍선 하나씩을 들고 슬로프 시작점에 섰다. 상황상 가장 낮고 짧은 초급 슬로프에서 라이딩을 해야 했지만 그래서 더 좋았다. 밑에서 우리를 기다리고 있는 하객들의 모습을 뚫어지게 보면서 함께 달릴 수 있었으니까 말이다.

'모든 준비를 마치고 드디어 행진!!!'

손에 들린 풍선은 우리가 움직이는 방향으로 똑같이 흔들렸고, 고글이나 보호 장비도 없이 불편한 턱시도와 드레스를 입고 스노보드를 타던 우리는 공평하게 한 번씩 강하게 엉덩방아를 찧었다.

서로 앞서거니 뒤서거니 하며 골인 지점을 향해 유쾌하게 웃으며 달리는 모습이 마치 앞으로의 우리 모습 같았다. 앞으로도 내 옆에서 이렇게 열정적이고 웃긴 모습으로 함께 달려 주는 항승이 있다면 나도 끝까지 힘을 낼 수 있겠지. 항승과 나는 그날 다짐했다. 앞으로 더 재밌게, 더 자유롭게, 더 행복하게 우리의 인생을 살아가기로.

## 행복은 주말 저녁의
## 치킨 한 마리와 맥주 두 캔

'결혼했다'라는 말은 구체적이면서 동시에 추상적이다. 법적으로 혼인신고를 마친 관계라는 말이기도 하지만, 앞으로 서로의 짐을 함께 짊어지겠다는 다짐이 되기도 한다.

어느 날 우연히 찾아본 부부의 법적 의무가 참으로 낯설면서 동시에 굉장히 합리적으로 느껴졌다. 민법 826조, 부부간의 의무에 따르면 결혼한 부부에게는 세 가지의 의무가 있다. 동거, 부양, 협조. 서로의 합의하에 한 집에서 함께 살면서, 상황에 따라 서로를 부양해야 한다. 또한 함께하는 삶에 있어 협조적인 자세를 가지는 것도 포함된다. '그래, 이 세 가지만 지키면 결혼 생활을 잘 유지할 수 있겠다'라는 생각이 들었다.

그렇게 우리는 동거를 하며 낮에는 서로를 부양하기 위해 열심히 돈을 벌고, 밤에는 협조적으로 함께 치킨을 먹었다. 비록 날렵한 턱 선과 비교적 얄팍했던 허리는 흔적도 찾을 수 없게 됐지만 항승과 나의 사랑은 살집에 비례하여 더 늘어만 갔다. 돈을 벌기 위한 노동은 누구에게나 지치고 힘든 일이기에, 퇴근하고 집에 돌아오면 축 처져서 아무것도 하고 싶지 않았다. 결혼 후에도 여전히 노동은 힘들었지만 달라진 점이 있었다. 결혼 전에는 혼자 치킨을 먹으며 영화를 봤다면, 결혼 후에는 둘이 같이 치킨을 먹으며 영화를 봤다. 치킨 다리를 나 혼자 두 개 다 먹을 수 없다는 아쉬움보다는 하나만 먹어도 둘이 함께 나눠 먹으니 그 순간의 행복감이 훨씬 더 컸다.

그 결과 결혼식 후 6개월이 지나자 각자 6kg씩 살이 쪘다. 웨딩드레스와 턱시도를 입겠다며 치열하게 다이어트를 하던 지난날의 노력이 순식간에 사라져 버렸다. 아니, 정확히 6개월간 6kg을 빼고 다시 6개월간 6kg이 쪘으니 정직하게 원래의 내 몸으로 돌아온 건가?

신혼집은 13평의 작은 집이어서 많은 가구와 집기들을 구비할 수가 없었다. 대문을 열자마자 보이는 주방에는 항승이 자취할 때 20만 원을 주고 중고로 구입한 냉장고가 그대로 있었다. 거실에는 언니가 선물해 준 베이지 색 작은 소파와 역시 자취할 때부터 사용해 온 낡고 작은 책상이 하나 있었다. 주방 옆 작은방에는 퀸 사이즈 침대가 들어가기엔 너무 좁아서 요를 깔고 잠을 잤다.

그렇게 우리는 제대로 된 신혼 가구 하나 없이 신혼을 시작했다. 돈이 없어서 제대로 갖추지 못하고 산다는 슬픔과 좌절감보다는 지금 우리에게 필요한 건 딱 이것들밖에 없다는 만족감이 더 컸기에 가능한 일이었다.

물론 실제로도 돈은 꽤나 없었다. 이 휑한 인테리

어의 집에 방문하신 어머니는 작은 집을 여기저기 살펴보시고는 "… 그래도 옷장은 있어야지"라는 말씀을 남기고 돌아가셨다. 얼마 뒤, 어머니의 사랑이 담긴 옷장이 배달됐다. 가뜩이나 좁은 방에 문이 앞으로 열리는 커다란 옷장이 들어오니 우리 둘도 겨우 누워서 자던 공간은 더 좁아졌다. 깔고 잔 요를 개지 않으면 옷장에서 옷을 꺼내 입을 수 없는 아름다운 사태가 벌어졌다.

어머니는 그 이후로도 우리의 단출한 신혼살림을 종종 언급하시며 안타까운 마음을 감추지 못하셨다. 하지만 그때마다 나는 "어머니, 우리한테 필요한 건 이미 다 있어요. 이걸로 충분해요"라는 말로 위안을 드렸다.

실제로 우리에게 필요한 건 음식을 차갑게 유지해 줄 냉장고와 깔고 잘 이불, 밥을 먹을 작은 책상 같은 필수 가전, 가구들이었다. 그때의 우리에겐 더 필요한 것이 없었다. 우리에게 있어 신혼은 무모하지만 만족스러운 것이었다.

'결혼해서 좋은 점.' 결혼을 결심하기 전에 이것에 대해 정말 많이 찾아봤다. 대략 정리하자면 '내 편이 있다는 안정감과 충만하게 느껴지는 사랑'이라고 할 수 있다. 하지만 가까이에서 지켜본 바에 의하면 부부들은 그다지 서로를 사랑하고 있지 않았다. 싱글에게 '사랑'이란 나의 시간과 정성과 노력을 다해 상대방에게 퍼주고 싶은 그런 아름다운 행위이자 감정이었는데, 부부에게 '사랑'이란 그렇게 달콤한 것이 아닌 것 같았다. 주변의 어떤 부인이나 남편도 자신의 배우자에 대해 '너무 사랑해서 죽겠어'라고 말하지 않았다. 오히려 '너무 미워서 죽겠어'에 가까워 보였다. 미워도 안정감과 충만한 사랑을 얻을 수 있는 것이 결혼인 걸까. 어떻게 그게 가능한 거지?

직접 결혼을 한 당사자가 되어 보니, 결혼해서 좋은 점은 생각보다 단순했다. 사랑하는 사람과 함께 산다는 것은 큰 심리적 안정감을 주었다. 단순히 같이 밥을 먹고 잠을 자는 '물리적인 안정감'이 아니라 무언가 포근한 이불이 나를 감싸는 듯한 '심리적인 안정감'이었다.

일을 하고 돈을 버는 일은 흥미롭고 즐겁지만 동시에 외롭고 지치는 일임에 틀림없다. 그런 일을 마치고 집으로 돌아갈 때, 그 길이 기대되는 것은 결혼을 하고 나서야 생긴 변화였다. 특별히 약속을 잡지 않아도, 아이라인을 그리고 멋진 원피스를 차려 입지 않아도 누군가와 함께할 수 있다는 편안한 기대감.

늦은 시간에 퇴근하는 나를 기다리는 것은 집 앞 버스 정류장의 항승이었다. 목이 늘어난 티셔츠를 입고 슬리퍼를 끌고 나를 맞이하러 나와 준 나의 구원자, 항승. 내 남편. 그의 하나밖에 없는 두꺼운 왼손을 꼭 잡고 집으로 걸어가는 5분의 길이 너무 짧고 달콤했다.

종일 특별할 것 하나 없는 일상이었지만 그에게 작은 이야기까지 다 말하고 싶어서 말을 멈추지 않았다. 집에 도착해 샤워를 하고 나와 잠옷을 입기까지 나는 계속해서 항승에게 말을 건넸다. 작은 방, 커다란 옷장 바로 앞에 도톰한 요를 깔고 누워서까지 그에게 시선을 떼지 않았다. 연극 강사로 일하며 종일 소리를 지르고 말을 해야 했기에 저녁이 되면 목이 너무 아팠지만 그래도 그와의 대화를 멈추고 싶지 않았다. 그는 쫑알거리며 쫓아다니는 나를 부드러운 미소로 바라봤다. 내 사사로운 일상의 조각들이 마치 특별한 이야기인 것처럼 귀를 기울여 주고 그 안의 슬픔과 아픔들에 위로를 건넸다.

이런 포근하고 따뜻한 저녁 시간을 보내고 나면 다음 날 낮에도 이상하게 힘이 솟아났다. 아무리 힘들고 지치는 일이 있어도 집에 돌아가면 나만의 충전기가 기다리고 있다는 확신이 있었다. 물론 그렇다고 해서 남편에게 나의 감정을 모두 책임져 달라는 무책임한 태도를 가진 것은 당연히 아니다. 그가 나에게 해주는 말과 행동들을 자세히 들여다보면 크게 3가지로 분류할 수 있다.

"아~괜찮아. 열심히 준비해서 한 거니까." (위로)

"아~그랬구나. 오늘 많이 힘들었겠네." (공감)

"아~정말? 대단하다. 역시 잘할 줄 알았어." (칭찬)

우스갯소리로 너는 "아~"라는 한 글자만 잘 사용하면 나와의 대화에서 언제나 옳다고 항승에게 말한 적이 있다. 위로의 "아~", 공감의 "아~", 칭찬의 "아~".

모두 같은 글자지만 어떤 억양과 표정, 손짓을 담느냐에 따라 상대방에게 전해지는 메시지는 완전히 다를 수 있다는 의미였다. 동시에 나는 너에게 내 문제의 해결책을 바라는 것이 아니라는 뜻이기도 했다. 아내로서 남편에게 바라는 점은 딱 하나였다. 나의 이야기에 귀 기울여 주는 파트너가 되어 주길. 항승은 그 조건에 완벽하게 부합하는 남편이기에 나는 결혼에 성공했다고 말할 수 있다.

항승은 나와의 결혼 생활을 어떻게 느끼고 있을까. 부디 그도 '결혼에 성공했어'라고 말할 수 있기를 바라며, 오늘도 그를 더 사랑하는 수밖에.

# 모든 것이 최악으로 가지는 않아

"주리야, 나 패럴림픽에 나가고 싶어. 국가 대표 스노보드 선수가 되고 싶어."

연애 시절, 죽어라 돈을 모아 결혼하자고 매달려도 모자랄 판에 국가 대표 선수가 되겠다니. 농담인 줄 알았던 그의 말이 현실로 이루어지는 건 그다지 오래 걸리지 않았다.

나는 친구들과 스키장에 갔다가 우연히 타본 스노보드의 매력에 푹 빠졌다. 이후로 겨울이면 주말마다 새벽 버스를 타고 스키장으로 향했다. 그런 나에게 항승이 처음으로 스노보드를 배워 보겠다고 했을 땐, '과연 의족을 사용하는 그가 스노보드를 탈 수 있을까?' 나조차도 마음속에 의심을 품고 있었다. '그래도 시작은 해보자'라는 생각으로 그의 첫 스노보드 도전을 함께했다.

일단 스노보드를 타려면 부츠를 신어야 하는데 의족은 발목이 고정된 형태라서 딱딱한 부츠를 신는 것이 쉽지 않았다. 보통 사람들도 부츠를 신을 때는 꽤나 힘을 주고 발목을 이리저리 움직여야 하는데, 항승의 발은 도통 움직일 생각이 없어 보였다. 솔직히 아무리 애를 써도 부츠를 신을 수 없는 그의 발을 보며 슬로프에 가기도 전에 벌써 포기해야 하나, 라는 생각도 했다.

'다른 사람들은 남자친구가 여자친구의 무거운 스노보드까지 다 들어 주고, 슬로프 위에서 거의 포옹하다시피 하면서 스노보드를 같이 타던데…. 나는 여기서 왜 땀을 뻘뻘 흘리고 있을까.'

하지만 스노보드를 가르쳐 주겠다고 당당하게 선언한 건 나였으니, 우리는 다시 힘을 내서 부츠를 거의 찢다시피 하며 발을 욱여넣었다.

스노보드를 처음 배우는 사람이라면 누구나 엉덩방아를 수없이 찧게 된다. 넘어지면 두 손으로 눈밭을 짚고 다시 일어나서 또 엉덩방아를 찧는다. 주변 사람들에게 스노보드를 종종 가르쳐 주다 보니 나는 '이 사람은 앞으로도 스노보드를 타겠구나, 혹은 타지 않겠구나'를 딱 10분 만 지나면 알 수 있게 됐다. 워낙 격한 스포츠다 보니 조금이라도 싫은 티가 나는 사람은 첫날 이후로 절대 스노보드 부츠를 신지 않는다. 항승은 과연 어떤 태도로 스노보드를 배울까 궁금했는데 10분이 지나고 깜짝 놀랐다.

비장애인들도 힘들어하는 스노보드 첫날임에도 불구하고 그는 절대로 포기하는 모습을 보이지 않았다. 평지와 다름없는 낮은 언덕이었지만 중심을 잡고 서는 것이 힘들 텐데, 그는 넘어지면 다시 일어나고 또 넘어지면 다시 일어나고를 군말 없이 반복했다. 두 시간 정도가 지나자 추운 겨울임에도 불구하고 그의 옷은 땀으로 온통 젖었다.

"주리야. 너무 재미있어. 나도 할 수 있을 거 같아."

태어나서 처음으로 도전해 보는 겨울 스포츠에 그는 마치 운명의 상대를 만난 듯 얼굴 가득 열기를 띤 채로 나를 보고 환하게 웃었다. 그 뒤로 항승은 많은 사람들의 도움을 받아 스노보드 실력을 키웠다. 더 이상 그의 부츠 끈을 묶어 주거나, 넘어진 그의 손을 잡아 일으켜 줄 필요가 없었다.

그 후로 시작하지 않았다면 아무것도 시작되지 않았을 일들이 시작 됐다.

"약간의 어려움은 있지만 그 어려움보다 타고 내려오는 즐거움이 더 커서 스노보드를 탑니다. 스노보드 세계에서 최고가 되는 모습을 보여 드리겠습니다. 2~3년 후를 기대해 주세요."

절단 장애인들을 위한 스키·스노보드 캠프에서 항승이 인터뷰 카메라 앞에서 한 말을 그대로 적어 봤다. 이때는 그가 스노보드를 이렇게까지 좋아하고, 아끼고, 사랑하고, 사모하는지 몰랐다. 그냥 '너도 이제 겨울마다 스키장으로 달려가는 취미 보더가 됐구나'라는 생각에 뿌듯한 정도였다. 이렇게나 큰 그림을 그리고 있을 줄은 정말 꿈에도 생각하지 못했다.

'의족 보더'라는 닉네임으로 스노보드를 타던 항승은 점점 사람들에게 알려지기 시작했다. 게다가 몇 년 후 '2018 평창 동계패럴림픽'에서는 스노보드가 정식 종목으로 채택된다고 하니, 사람들의 관심은 더 커졌고 공중파 뉴스에서도 그의 도전기가 방송됐다. 뒤이어 장애인 스키·스노보드 협회에서 그를 만나고 싶다고 연락이 왔다.

곧 30살을 앞둔, 결혼 예정인 대한민국의 평범한 직장인이 본업을 그만두고 자신의 꿈에 올인 하는 것은 결코 쉽지 않다. 경제적인 부분에서 가장 큰 타격을 받을 것이고, 부부의 인생 계획을 완전히 수정해야 하기 때문이다.

"현실 때문에 꿈을 포기하고 싶진 않아. 도전해 보고 싶어."

그가 처음부터 이렇게 강하게 자신의 의견을 나에게 어필했던 건 아니다. 분명 스노보드에 재미를 붙였던 어느 시기부터 조금씩 패럴림픽에 대한 뉘앙스를 나에게 풍겼을 것이다. 아마 내가 진지하게 받아들이지 않고 귓등으로 듣고 흘려버린 게 아닐까. 농담 같았던 저 말이 점점 사실이 되어 가는 걸 가장 가까이에서 지켜보니 양극단의 감정이 들었다.

'일을 그만두고 국가 대표가 되겠다고? 그럼 앞으로 뭘 먹고살게? 나랑 결혼은 안 할 생각인가?' vs '한 번 사는 인생, 박항승처럼 살아야지.'

당연히 전자가 훨씬 강했다. 결혼 적령기라고 말하는 20대 후반, 나도 다른 사람들처럼 예쁜 드레스를 입고 화려한 결혼식을 올리고, 멋진 인테리어의 신혼집에서 결혼 생활을 시작하고 싶었다. 다음 달부터 결혼 준비를 위해 적금을 50만 원 더 넣겠다는 도전도 아닌, 패럴림픽에 도전하겠다는 선언을 이렇게 당당하게 하다니. 게다가 그가 패럴림픽에 도전하기 위한 준비 기간은 자그마치 3년이었다. 그 기간은 우리가 신혼부부가 되는 시기와 겹쳤다.

'너는 나보다 스노보드가 더 중요하지?'라는 말이 턱 끝까지 차올랐다. 하지만 그 '스노보드'를 박항승에게 처음으로 소개해 준 사람은 다름 아닌 나였다. 그래서 아무 말도 할 수 없었다.

생각에 잠겼다. 패럴림픽이 끝난 뒤, 항승은 다시 직장에 다닐 수 있을까? 패럴림픽이 끝날 때까지 나 혼자 돈을 벌어서 우리의 가정을 유지할 수 있을까? 3년 동안 떨어져서 지내야 할 텐데, 내 마음은 괜찮을까?

기간제 특수 교사로 일하고 있던 항승은 교사 자격증이 있으니, 쉽지는 않겠지만 원한다면 언제 어디서든 다시 일을 시작할 수 있을 것이다. 그의 도전이 진행되는 3년 동안 지금처럼 내가 일을 계속한다면 저축은 못 해도 있는 돈을 까먹으며 살지는 않을 수 있을 것이다. 신혼을 한참 즐길 때에 떨어져 지내야 한다는 것이 너무 외롭고 쓸쓸하겠지만 불가능하진 않다. 나에겐 항승과의 삶 외에도 일과 취미, 친구와 가족이 있다. 그렇게 자가 점검을 마친 뒤 이미 마음은 패럴림픽에 출전해서 뛰고 있는 항승을 붙잡아 앉혀 놓고 단호하게 이야기를 꺼냈다.

"항승아. 결혼 후 너에게 3년간의 자유를 줄게. 그

동안은 돈 한 푼 벌지 않아도 괜찮아. 단, 있는 돈을 까먹는 건 안 돼. 훈련하느라 떨어져서 지내는 것도 괜찮아. 나는 알아서 일 열심히 하고 잘 살고 있을게. 대신 패럴림픽 도전이 끝난 뒤에는 90년간 나의 종이 되렴."

"주리야. 쉽지 않은 선택을 해줘서 고마워. 네가 준 이 값진 기회를 최선을 다해 즐기고 올게. 혹여라도 훈련하면서 돈이 들어가게 된다면 그날로 바로 그만둘게."

이후 결혼 예물로 다이아몬드 반지 대신 스노보드를 주고받으며 우리의 계약이 성사됐다. 누가 갑인지 을인지 따질 수 없는 계약! 멋들어지게 그에게 기회를 주었지만 그 즈음에는 매일 불안하고 속이 울렁거렸다. 자신의 모든 것을 걸겠다며 도전 정신에 불타오르는 그를 보면 괜히 억울해지기도 했다. 그렇게 우리 인생의 플랜 B가 시작되는 첫날, 조금 두근거렸고 많이 걱정됐으며 몹시 두려웠다. 그런 나에게 그는 단단하고 다정한 목소리로 내 눈을 또렷이 바라보며 말했다.

"주리야, 걱정하지 마. 모든 것이 최악의 상황으로 가지는 않아."

그래, 그럴 거야. 나도 알아. 그렇지만 안다고 해서 내 마음이 달라지는 건 아니잖아.

그는 결혼식을 하고 딱 1년 뒤, 2016년 2월에 장애인 스노보드 신인 선수단에 입단하기 위해 잠시 집을 떠났다. 늘 둘이서 낑낑대며 짊어지고 다녔던 스노보드 가방을 혼자서만 어깨에 지고 걸어가는 그의 뒷모습이 무척이나 낯설었다.

'항승의 옆자리엔 내가 있어야 하는데'라는 생각이 계속해서 맴돌았지만 사실 슬로프 위에서 그는 더 이상 나의 도움이 필요하지 않았다. 첫 시작은 내가 그의 코치였지만 이젠 내가 그의 속도를 따라갈 수 없을 정도가 됐다.

선수단 숙소에 그를 남겨 두고 홀로 운전해서 집으로 돌아오던 길, 새빨간 노을이 노랗게 물드는 그 순간에 나는 혼자가 되었다. 당차고 멋지게 그를 들여보내고 싶었는데 역시 현실은 작고 연약한 나였다.

# 널 위한 120만 원

신인 선수단에 입단하고 항승은 매 주말 평창과 서울을 오갔다. 주중에는 평창에서 종일 짜여진 스케줄대로 훈련을 하고, 주말에는 근 300km가 넘는 길을 달려 오직 나를 만나기 위해 서울로 왔다. 둘이 함께 있을 때면 특별한 일을 하진 않았다. 그냥 두껍고 투박한 그의 손을 꼭 잡고 동네 산책을 하며 영양가 없는 이야기들을 주고받았다.

1박 2일의 짧은 주말 동안 그는 최선을 다해 자신의 빈자리를 채워 주려 노력했다. 혼자서는 대충 밥을 때우고 마는 나를 위해 직접 장을 보고 요리를 해서 냉장고에 정성이 담긴 음식들을 가득 쌓아 뒀다. 부드럽고 짭조름한 가지볶음, 달짝지근하게 매콤한 진미채, 주먹만 한 건더기가 가득한 카레 10인분. 집밥이 아니라면 쉽게 먹을 수 없는 음식들이었다. 자신의 도전으로 인해 떨어져서 살게 된 것이 꽤나 미안했는지 땀을 뻘뻘 흘리며 주방을 지켰다. 그런 그가 참으로 사랑스러운 동시에 조금 미웠다.

'사랑해서 함께 있고자 결혼했는데, 널 사랑해서 다시 보내 준다.'

그놈의 사랑이 뭔지, 내 사랑이 조금 안쓰러웠다. 그래도 주말이면 볼 수 있는 국내 장거리 부부는 그나마 괜찮았다. 그가 해외 훈련을 가게 되면 한 달에 한 번 보는 것도 힘들 정도였다.

벚꽃이 구석구석 만개하는 봄에도, 파도가 뜨겁게 넘실거리는 여름에도, 단풍이 바스락거리는 가을에도, 눈이 빳빳하게 내려앉는 겨울에도, 그는 늘 훈련을 했다. 중간중간 한국에 들어와서 함께했던 시간도 꽤 있었지만 나에겐 부족하기만 했다. 매일 밤, 손을 잡고 도톰한 이불에 함께 누워서 이런저런 이야기를 나눌 시간이 턱없이 모자랐다.

그렇게 내 마음속에 불만이 쌓여 간다는 것을 가장 먼저 알아차린 건 역시 항승이었다. 어제와 다름없는 문자, 이메일, 영상 통화였지만 그는 미묘하게 변해 가는 나의 마음을 바로 알아챘다. 가장 가까이에서 나를 챙겨 주고 사랑해 줘야 하는데 그러지 못해서 미안하다며, 자신이 할 수 있는 건 이 도전에 최선을 다하는 것밖에 없다고 말하는 그에게 나는 괜히 볼멘소리를 냈다.

"그래. 결국 너는 나보다 스노보드가 더 중요한 거잖아. 그래서 지금 거기에 있는 거잖아."

앞뒤 전후 없이 그냥 나와 떨어져 있는 그가 미웠지만 언제까지고 그 미움과 원망 속에서 살아갈 수는 없었다. 내 삶을 바쁘게 만들어 줄 무언가가 필요했다. 주중에는 원래 하던 연극 강사 일과 취미로 즐기던 발레에 더 힘을 쏟았다. 낮에는 일을 하고, 밤에는 발레 학원으로 향했다. 주말에는 결혼식 사회자 일에 전념하며 빈 시간을 최소화했다.

그는 사랑하는 나를 뒤로하고 열심히 훈련을 했지

만 이미 역사와 기초가 탄탄한 외국팀에 비하면 한국 팀의 성적은 좋지 않았다. 국제 경기가 있을 때마다 부단히 참가했지만 거의 실격 아니면 꼴찌였다. 아무도 기대하지 않는 팀의 선수로서 그는 무슨 생각을 했을까. 의족 안에 피와 고름이 차고, 절단된 환부에는 종기가 차오를 정도로 몸을 혹사시켰지만 원하는 결과를 얻기엔 모든 것이 부족하기만 했다. 나라면 원하는 대로 이루어지지 않는 현실에 좌절하며 '포기할까'라는 생각을 했을 것 같은데, 항승은 묵묵하게 이 시기를 견뎠다.

그리고 당당하게 '2017 세계 장애인 스노보드 월드컵'에서 4위에 자신의 이름을 올렸다.

[HANG SEUNG PARK]

1호선 신길역에서 5호선으로 갈아타기 위해 열심히 지하 통로를 걷고 있던 중 그의 경기 결과가 올라온 것을 보고 나도 모르게 "악" 하고 소리를 질렀다. 사람의 마음이 얼마나 간사한가. 결과가 좋으니 그에게 가지고 있었던 작은 미움도 눈 녹듯이 사라졌다. 그는 슬로프 위에서, 나는 아스팔트 길 위에서 기뻠을 만끽했다.

경기를 마치고 한국에 돌아온 항승의 엉덩이를 톡톡 두들겨 주었다.

"내 사랑, 잘했다, 잘했다, 잘했어!"

눈물과 고름이 섞인 2년 반이 흐르고, 이제 2018 평창 패럴림픽 경기가 열릴 날이 얼마 남지 않았다. 패럴림픽 전, 마지막 국제 대회에 참가하기 위해 한국팀은 캐나다로 떠났다. 우리의 3주년 결혼기념일인 2018년 2월 7일을 겨우 일주일 정도 앞두고 그가 또 나를 떠났다. 나를 미워해서, 증오해서 떠나는 것이 아님을 너무 잘 알고 있지만 그래도 이별 앞에서는 늘 마음이 힘들었다.

"주리야. 이번이 마지막이야. 패럴림픽이 끝나면 나 어디 안 가. 쭉 네 옆에 있을 거야. 지금을 즐겨. 그때는 어디 가라고 해도 안 가. 알았지?"

그가 떠나고 정신없어진 집을 싹 정리했다. 이불을 빨고, 바닥을 닦고, 식기에 있는 물기를 닦아서 찬장에 넣었다. 우리 집은 어찌나 작은지, 30분이면 집

안의 모든 청소가 끝날 정도였다. 함께 있는 시간은 짧았는데 혼자 있는 시간은 길게만 느껴졌다.

하지만 그가 없어도 내 삶은 계속 이어져야 하니 차라리 나가서 발레를 하자며 스스로를 일으켰다. 참 다행인 것은, 한 시간 정도만 나가면 종일 발레 수업을 하는 학원들이 꽤나 많았다. 한 시간 삼십 분에 이만 오천 원을 지불하고 나의 우울과 공허함을 땀으로 털어 버렸다.

그렇게 며칠이 지나고, 한 해의 연극 강의도 모두 마무리됐다. 한 달에 두세 번씩 있던 결혼식 사회자 일도 당분간은 없었다.

'어? 왜 시간이 일주일 정도 비는 거지?'

마침 일주일의 공백이 생겼다. 아무것도 하지 않아도 될, 어떤 것도 처리하지 않아도 되는 그런 일주일의 자유가 통으로 생겨 버렸다. 그때 머릿속에 번뜩 스쳐 가는 생각 한 꼭지.

'항승을 보러 캐나다에 갈까? 오늘 출발해서 캐나다에 도착하면, 마침 결혼기념일이네?'

이 생각이 든 후로 내 양손은 서로 다른 일을 하기

시작했다. 오른손으로는 마우스를 움직여서 그가 있는 캐나다 켈로나행 비행기 표를 찾기 시작했고, 왼손으로는 그에게 연락해서 '내가 그곳에 간다면 너의 마지막 경기를 옆에서 지켜볼 수 있는지, 팀에게 폐가 되지 않을지'에 대해 물었다.

설마 진짜로 여기에 오겠나 싶었던 항승은 그래도 혹시 모르니 감독님께 확인을 받았고, 나는 답을 듣자마자 오른손에 잡고 있던 마우스를 연신 클릭해서 비행기 표를 구입해 버렸다.

정확히 1,217,100원이었다. 출발 시간까지 딱 5시간이 남아 있었다. 일단 비행기가 출발하기 1시간 30분 전에 공항에 도착해야 한다. 공항까지 1시간 30분이 걸리니 나에겐 딱 2시간의 여유가 있었다. 여행 가방을 꺼내 건조대에 널려 있던 옷가지들을 미친 듯이 집어넣었다. 어차피 슬로프 위에 서 있을 테니 예쁘고 값비싼 옷들은 필요하지 않았다. 뭘 넣었는지도 모르겠는 작은 여행 가방을 들고 마지막으로 집을 나설 때 '난 역시 제정신이 아니구나. 아무래도 항승에게 단단히 미친 것이 분명해'라는 생각이 들었지만 상관없었다.

공항에 도착하니 오후 6시가 채 되지 않은 시간임에도 비행기 뒤로 해가 지고 있었다. 2년 전, 항승을 처음 훈련장으로 데려다주고 혼자 돌아오는 길에도 이렇게 진한 해가 졌는데 지금도 똑같이 해가 지고 있었다. 하지만 그 의미는 완전히 달랐다. 혼자가 됐다는 슬픔의 노을이 아니라 그와의 만남을 기대하는 벅차오름의 노을이었다.

캐나다. 그가 묵고 있는 호텔 앞에서 감격의 상봉을 한 우리는 하하하 너털웃음을 지으며 서로를 바라보았다. 항승은 평소와 같이 인자한 웃음과 조금은 놀란 표정으로 나를 맞아 주었다.

"항승아. 내가 진짜 올 줄 알았어?"

"올 거라고는 생각했는데…. 근데 진짜 올 줄은 몰랐어."

입국 심사대에서 "방문 목적이 무엇입니까?"라는 질문에 "어… 그러게요. 일단 제 남편이 스노보드 선수인데 캐나다 켈로나에서 대회가 있어요. 그는 지금 거기서 훈련 중입니다. 저는 남편의 경기를 보기 위해 캐나다에 왔어요"라고 어설픈 영어로 대답하면서도 '내가 진짜 캐나다에 왜 왔지?'라는 생각이 계속 머릿속에 맴돌았다.

아무리 생각해 봐도 답은 하나였다.

"나는 네가 너무 보고 싶어서 이곳에 왔어."

## 이미 나는 너의 금메달

[언제나 너의 사랑, 주리]

네가 나에게 스노보드 경기의 출발선을 경험하게 해주고 싶다고 했잖아. 그 떨림과 긴장감을 공유하고 싶은 거지? 나는 그 느낌에 대해 너의 백 분의 일도 알 수 없겠지만 내가 서 있는 이 자리에서도 긴장감은 여전해. 이미 출발선에 서 있는 너에게 더 이상 해줄 수 있는 일은 없지만 이 자리에서 끝까지 기다리고 있을게. 너에 대한 믿음을 가득 안고.

나는 단 한 번도 너를 의심해 본 적이 없어. 너는

단 한 순간도 최선을 다하지 않은 날이 없었지. 언제 어디서나 매번 너의 능력을 뛰어넘는 한계에도 절대 굴하지 않았으니까. 네가 걸어온 모든 길이 항상 고통과 함께했다는 걸 알아. 다른 사람들이 그토록 쉽게 성취하며 살아가는 그것들을 성취하기 위해 너는 정말 엄청난 노력을 해왔잖아. 내가 모르는 것 같지만 사실은 나도 잘 알고 있어. 그래서 언제나 너를 존경하고 항상 사랑해 왔어. 결핍과 고통을 딛고 새로운 걸음을 향해 또다시 일어나는, 강인한 네가 나의 가장 친한 친구라서 나는 정말 자랑스러워. 너를 만나고 이렇게 함께할 수 있다는 사실 자체로 나의 이번 생은 충분해. 오늘 하루도 멋있게 끝장내고 나의 품으로 돌아오렴. 나는 언제나 여기에 있어.

-대회 전 건네준 편지 中-

드디어 결전의 날, 2018 평창 패럴림픽이 코앞으로 다가왔다. 항승은 자신의 각오를 머리카락에 새기겠다며 미용실을 찾았다. 태극의 빨간색과 파란색을 머리카락에 반반씩 염색하고 자신이 머리를 돌리면 서로 색이 섞이면서 마치 태극처럼 보이지 않겠냐는 이해할 수 없는 의도였지만, 내 머리에 염색하는 게 아니었기에 군말 없이 그를 따라나섰다.

장장 4시간이 걸려 완성된 반반 태극 머리는 패럴림픽 개회식에서 항승의 흥과 합해져 사람들의 이목을 끌었다. 중계 화면 속의 그는 세상을 다 가진 것처럼 신나 보였다. 빨강 파랑 머리를 하고 펄떡펄떡 뛰어다니는 그가 자랑스러우면서도 조금 웃겼다. 관중석 1열에서 그의 이름을 목이 쉬어라 외치는 내 모습도 조금 웃기긴 했다. 우리는 서로의 존재와 생각이, 행동과 결심이 너무 웃겨서 행복한 부부였다.

그의 경기를 응원하기 위해 어떤 준비를 하면 좋을까, 친구들과 머리를 맞대고 고민했다. 내 사랑 항승의 인생 최고 도전인데 평범하게 응원하고 싶지는 않았다. 고심 끝에 "팔 하나, 다리 하나, 메달 하나"를 중심 문구로 여러 버전의 현수막을 만들었다. 그를 향한 나의 지지와 응원은 언제나 이렇게 조금은 B급 감성이었다. 그의 장애를 숨기는 것보다 오히려 드러내서 유머 코드로 발전시키고 함께 대화하며 웃어

넘기는 것이 바로 우리의 스타일이었다.

평창 시내에 위치한 그의 숙소에서 정선의 스노보드 경기장까지, 그의 동선에 맞춰 현수막을 게시했다. 긴장감 넘치는 대회 기간이지만 버스로 이동하는 중간중간 이 현수막을 보고 잠시나마 웃을 수 있기를 바랐다. 현수막을 만들고, 버스 이동 동선을 파악하고, 그에 맞춰 게시 신청을 하는 것이 꽤나 번거로운 일이었지만 항승의 웃음을 마주할 수 있다면 상관없었다. 첫 시작은 그의 개인적인 도전이었지만 이제는 우리의 축제로 변했다.

2018년 3월 16일. 뱅크드슬라럼 경기 날.

온 가족과 친구들이 그의 레이스를 응원하기 위해 평창으로 출동했다. 항승의 이 신기하고도 막무가내인 도전에 박수를 보내 주고자 다들 차가운 눈밭 위에 서는 것을 마다하지 않았다. 궁서체로 커다랗게 "박 항 승" 세 글자가 적힌 플래카드부터, 항승 이름이 새겨진 머리띠까지. 할 수 있는 모든 것들을 동원하여 그를 응원하는 사람들을 보고 있으니 괜히 울컥

해서 눈물이 차올랐다. 심장의 떨림과 함께 눈물 한 방울을 똑 하고 떨어뜨리는 광경을 연출했으면 좋았을 텐데, 빠르게 진행되는 경기는 나의 감동적인 순간을 기다려 주지 않았다.

눈 깜짝할 사이 그의 첫 번째 레이스가 시작됐다. 전광판과 사회자의 중계가 있었지만 드디어 그가 달리고 있다는 흥분감에 주변의 어떤 상황도 내 눈과 귀에 들어오지 못했다. 내가 할 수 있는 건 그저 그의 이름을 있는 힘껏 소리 지르는 것이었다. 포효와도 같았던 나의 응원에 앞자리에 앉아 있던 외국인 관람객이 물었다.

"Is he your son?"

"노. 히즈 마이 허즈밴드! 아임 히즈 와이프!!"

엄마 같은 부인의 응원을 듬뿍 받은 그의 첫 번째 레이스는 비교적 성공이었다.

뱅크드슬라럼 종목은 한 선수당 총 3번의 레이스를 뛰고 그중 가장 빠른 기록으로 순위를 매기는 형식이다. 많은 선수들이 첫 번째와 두 번째 레이스는 안정권의 기록을 내기 위해 무리하지 않는다고 한다. 무난하게 중위권에 이름을 올린 항승의 경기 결과. 진짜 시작은 마지막 세 번째 레이스다!

"박항승 선수, 출발합니다!"

주변 사람들의 엄청난 응원 소리에 사회자의 중계가 묻혀 잘 들리지 않았다. 그가 지금 어디 즈음 지나고 있는지, 어떤 코스를 어떻게 밟아 내려가고 있는지 상상을 해야만 했다.

'10초, 20초, 30초, 40초.'

드디어 마지막 언덕 바로 앞, 그의 검은 헬멧이 보이기 시작했다. 그때부터 나는 입 밖으로 어떤 소리도 내지 못했고 숨도 쉴 수 없었다. 눈을 깜빡이는 것도 잊은 채 그의 마지막 점프와 질주에만 온 신경을 집중했다.

'제발, 제발, 제발. 조금만 더 빠르게!!!!! 달려!!!!'

항승은 세 번의 레이스 중 최고 기록을 뽑아내며 결승선을 통과했다. 지난 2년 반의 시간이 이 세 번의 레이스로 모두 끝난다는 것이 너무나도 허무하리만치 짧은 시간이었다. 1분이 채 되지 않는 이 시간을 위해, 나는 그토록 너를 미워하고 그리워하며 기다려 온 것일까. 스노보드가 뭐길래. 도전이 뭐길래. 그놈의 사랑이 뭐길래.

최종 결과가 나왔다. 항승은 22명의 상지 장애 선수 중 12위에 올랐다. 마지막 레이스는 한 순간의 아쉬움도 없을 만큼 완벽한 질주였다. 다만 그보다 더 빠른 선수들이 11명 있었을 뿐이다.

경기를 모두 마친 항승을 직접 마주하기 위해 한 걸음에 슬로프 위로 달려갔다. 철제로 만들어진 간이 관중석 계단이 내 발걸음에 닿을 때마다 철컹거렸다. 4일 전, 크로스 경기 때는 한국팀에게 그래도 기대가 있었던 건지 취재진이 꽤나 많았는데 이날은 한국 취재진이 거의 없었다.

외국 취재진들은 메달이 기대되는 상위권 선수들에게만 마이크를 건네고 있었기에 항승을 포함한 한국 선수들은 슬로프 한쪽에서 다른 선수들의 인터뷰와 경기를 보고 있었다. 다들 최선을 다했지만 그 누구도 스포트라이트를 받지 못했다.

비록 나에게 금메달을 안겨 주진 못했지만 사실 나는 이미 메달을 가지고 있었다. 내 얼굴을 캐릭터로 만들어 크게 인쇄한 뒤 두꺼운 끈을 연결해서 주리 메달을 만들었다. 경기 내내 그 메달을 목에 걸고 죽어라 항승의 이름을 외쳤다. 경기가 모두 끝난 뒤 그에게 자랑스럽게 주리 메달을 걸어 주며 속삭였다.

"항승아. 이제 3년의 도전이 다 끝났어. 앞으론 90년의 종 생활만 남았다?"

"크윽."

그는 눈을 질끈 감고 웃는 건지 우는 건지 모르겠는 표정을 보였다. 힘들었지만 찬란했던 도전의 시간이 모두 끝나고 이젠 지난한 현실만 남아 있기에 슬펐넌 걸까, 아니면 남은 여생 동안 나를 주인으로 모시며 살 수 있다는 기대감에 행복했던 걸까. 뭐가 됐든 나는 그의 도전이 큰 문제없이 끝났다는 사실에 기쁨을 감출 수가 없었다. 도전의 시작부터 지금까지, 우리는 서로에게 이미 금메달이었다.

패럴림픽은 어느덧 끝을 향해 가고 있었다. 폐막식에서 한국팀 대표로 태극기를 들고 입장하던 항승의 빨강 파랑 태극 머리가 전 세계에 생중계됐다는 사실이 믿기지 않았고, 같은 공간에서 내가 반다비 탈을 쓰고 춤을 추고 있었다는 사실은 더 거짓말 같았다. 국민 반다비를 뽑는다는 소식에 진심을 담아 자기소개서를 제출했고, 그 결과 '반다비 11'로 선수들의 옆에서 땀을 뻘뻘 흘리며 춤을 추었다. 국가대표 해단식에서는 사회자로서 다시 항승의 앞에 섰다. 그동안 그를 얼마나 졸졸 따라다녔던 건지, 스노보드 한국팀을 넘어 전 종목의 한국팀에서 나를 모르는 사람이 없었기에 패럴림픽 내내 여기저기 불려 다니며 그를 향한 나의 사랑과 헌신을 입증했다.

해단식에서 그를 칭하는 수식어가 "대한민국에서 제일 결혼 잘한 사람, 사랑꾼 박항승 선수!!"임을 듣자, 지난 2년 반 동안의 외로움과 고됨이 눈 녹듯 사라졌다. 어떻게든 그와 더 가까이 있겠다는 나의 열망을 온 우주가 들어준 것 같았던 패럴림픽 기간.

'원하는 대로 세상이 흘러가진 않지만, 원하는 대로 행동할 수 있는 기회는 얼마든지 있다'라는 생각이 들었다.

인생은 예측할 수 없다. 어제는 멜로, 오늘은 코미디, 내일은? 당장 다음 순간도 예상할 수 없는 게 인생이라 더 즐거울까 아니면 더 불안할까. 그렇지만 앞으로는 내 옆에 항상 그가 있을 거니, 우리의 인생이 스릴러로 변해도 괜찮을 것 같다. 연쇄살인범도 팔 하나 없는 항승이 안타까워 풀어 주지 않을까? 우스갯소리 같지만 진심이다.

## 플랜 B도 아닌 플랜 C,
## 현실 결혼 앞에 서다

한낮의 단꿈 같던 패럴림픽이 끝났다. 완벽하게 패럴림픽 이전의 생활로 돌아왔다. 하지만 마음가짐은 조금 달라졌다. 험난한 전투를 함께 겪은 전우처럼 우리 사이엔 애정을 뛰어넘는 전우애가 생겼다. 둘이 나란히 앉아 예전처럼 치킨 다리를 사이좋게 하나씩 뜯으며 지난 시간들을 돌이켜 보던 중 그에게 물었다.

"너에게 있어 패럴림픽 도전이란 무슨 의미였어?"

"다른 사람들이 보기엔 아무런 의미가 없을 수도 있지. 실질적으로 얻은 게 없으니까. 하지만 목표를 가지고 꿈을 향해 달렸던 순간이 나에게 앞으로 살아갈 원동력과 자신감을 주었어."

어떤 질문을 던지든 완벽한 모범 답안을 내놓는 그이기에, 이번에도 역시 나를 실망시키지 않았다. 만약 저 말을 다른 사람의 입이나 책의 글귀로 읽었다면 '아, 네. 대단하시네요'라고 큰 감흥 없이 반응했을 것이다. 하지만 그의 고된 훈련 과정을 모두 지켜본 나로서는 그 말에 수긍하며 고개를 끄덕일 수밖에 없었다.

사람들은 패럴림픽에 도전하는 항승에게 "인생은 박항승처럼!"이라고 말하며 부러움을 표했다. 많은 의미가 담겨 있겠지만 가장 큰 의미는 아마도 '자기가 하고 싶은 일을 하며 즐겁게 사는 네 인생이 부럽다'일 것이다. 사람들은 그의 자유로운 인생과 비현실적으로 보이기도 하는 도전을 부러워했다. 하지만 나는 그가 얼마나 힘들게 '도전하는 삶'을 지켜 내고 있는지 알고 있다.

"스노보드 선수가 될래! 국가 대표가 되겠어! 올림픽에 출전하겠어!"라고 말하는 건 누구나 할 수 있지만 그 목표를 이루기 위한 과정을 군소리 없이 묵묵히 버텨 내고 감당해 내는 건 아무나 할 수 없다. 누구나 "나도 원하는 걸 하면서 살고 싶어"라고 말하지만 그것을 위해 매일 노력하는 사람은 사실 많지 않다. 나도 마찬가지다. 무대에 서는 연극배우가 되고 싶었지만 '나는 재능이 부족해'라는 생각으로 제대로 해보지도 않고 단념해 버렸다. 그렇기에 늘 자신의 목표를 정하고, 그것을 위해 120%의 열정을 다하는 항승이 참으로 존경스럽고 놀라웠다.

하지만 인생에는 짜릿한 도전만 있는 것이 아니다. 평창 패럴림픽이 끝나자마자 주변 사람들은 항승에게 4년 뒤의 베이징 패럴림픽을 준비할 거냐고 물었다. 짐짓 고민을 하던 그에게 당당히 말했다.

"좋아. 너의 도전을 응원해. 하지만 패럴림픽에 한 번 더 도전한다면 난 아이를 낳지 않을 거야. 아빠가 옆에 없는데 혼자 임신, 출산, 육아를 한다는 건 말이 안 돼. 그러고 싶지 않아. 하지만 너를 사랑하니까 결혼 생활은 유지할 거야. 어떡할래? 결정해."

"나도 예의가 있어. 내 욕심만 부릴 순 없지."

4년 더 죽어라 훈련해서 지금보다 좋은 결과가 나올 것임을 조금이라도 확신할 수 있다면 우리는 아이보다는 도전을 선택했을 수도 있다. 하지만 지난 도전을 통해 항승 개인으로서는 엄청난 성장을 했지만 선수로서는 의미 있는 결과를 얻지 못했기에 한 번 더 도전하겠다는 말을 쉽게 꺼낼 수가 없었다. 그렇게 그는 선수 항승의 시대를 접고, 현실 남편 항승의 시대를 열었다. 현실 앞에서 이 생각이 가장 먼저 들었다.

"그럼 이제 우리 뭐 먹고살지?"

보통 처음의 목표에서 벗어난 차선책을 플랜 B라고 하던데, 우리의 앞에는 플랜 B도 아닌 플랜 C가 펼쳐져 있었다.

플랜 A:대학 졸업-취업-결혼-육아

플랜 B:대학 졸업-취업-사표
-패럴림픽 도전-전문 선수 생활

플랜 C:?

선수 생활을 그만둔 항승에겐 3가지의 선택지가 있었다.

1. 학교에 기간제 특수 교사로 취업하기
2. 사설 기관에 특수 교사로 취업하기
3. 장애인 체육계 관련 취업하기

하지만 이 중 어떤 것도 안정적인 일자리를 보장하지는 않았다. 패럴림픽이 끝남과 동시에 2세 계획이 있던 우리에겐 무엇보다 '정규직'이라는 형태가 가장 중요했다.

항승은 특수 교사 경력이 꽤 있었지만 장애로 인해 새로운 학교로 매년 취업을 하는 것은 쉽지 않았다. 결국 몇 년간 뒤로 제쳐 두었던 '교육공무원 임용후보자 선정경쟁시험', 일명 임용에 다시 도전하기로 결심했다. 동시에 2학기부터 일할 학교를 찾기 위해 수없이 지원서를 썼다.

교사를 그만두고 패럴림픽에 출전한다고 선언했을 때는 '인생에 한 번뿐인 도전을 위해'라는 멋들어진 이유가 있었는데, 다시 교사로 돌아가려고 하니 '현실 앞에서 멈춘 도전'만 남아 있는 느낌이었다. 아무도 뭐라 하지 않았지만 괜히 속상했다.

그의 취업에만 신경 써도 시간이 모자랄 판에, 우리의 플랜 C에는 2세 계획까지 있었다. '35살 이전에는 출산을 하고 싶다'는 나의 강력한 주장에 패럴림픽이 끝나자마자 매달 배란일이 되면 애써 로맨틱한 분위기를 만들려고 노력했다. 임신을 위해 배란일마다 힘을 써본 적이 있는 사람들은 여기까지만 읽어도 나의 마음을 벌써 눈치챘을 거다. 만난 지 갓 한 달 된 따끈따끈한 신생 커플이 아닌, 연애까지 합치면 8년이나 된 현실 부부에게 로맨틱한 분위기를 만드는 것은 결코 쉽지 않은 과제였다.

현실 연인이자 부부에게는 섹스=쾌락이 아닌, 섹스=임신을 위한 과정이었다. 그래서일까, 우리가 생활하는 이 현실의 작은 집에서는 뭔가 영 어색했다. 사랑을 나누고 있는데 바로 옆에는 미처 치우지 못한 빨래 더미가 굴러다녔고, 조금 더 시선을 올리면 베란다에 걸린 패딩과 코트가 달빛을 뒤로한 채 나를 바라보고 있었다.

"안 그래도 현실 부부인 우리가 로맨틱한 분위기를 잡는 것이 힘든데, 이렇게 집안 살림 사이에서 사랑을 나눌 수는 없어!"

이렇게 선언한 뒤 배란일이 되면 분위기를 내기 위해 집이 아닌 다른 곳을 찾아 밤을 보냈다. 숙박 어플을 깔아 적당한 가격에 분위기도 좋아 보이는 호텔을 찾아갔더니 이름만 호텔인 모텔이었다. 사실 불타오르는 두 사람에겐 호텔이든 모텔이든 혹은 길바닥이든 그게 무슨 상관이겠냐마는 우리는 '애써' 로맨틱한 분위기를 만들어야 하는 현실 부부였기에 장소가 중요했다.

그렇게 몇 번의 '로맨틱 찾기 외박'에 지친 우리는 그냥 시내의 족발 가게에 앉아서 전혀 로맨틱하지 않게 뼈를 뜯었다. 불편한 간이 의자에 앉아, 그다지 깨끗하지 않은 '스댕' 잔에 막걸리를 나눠 마셨지만 이제야 진짜 우리가 된 듯 아주 편안했다. 알딸딸하게 술이 올라왔고 그대로 젊은이들로 가득 찬 거리를 지나 한 호텔에 방을 잡았다. 지금까지의 숙소들과는 다르게 블랙 인테리어가 돋보이는 작은 부티크 호텔이었다. 어찌나 방이 어둡던지, 불을 다 켜도 항승의 얼굴이 잘 보이지 않았다. "아니, 젊은이들은 이렇게 어두운 곳에서 뭘 할까?"라는 나의 우스갯소리에 그는 알싸한 표정으로 나에게 대담하게 다가왔다. 그랬다. 사실 조명이 더 있어도 소용없었을 거다. 그날 우리에겐 불을 켤 이유가 없었다.

플랜 C를 찾는 동안 우리는 참 많이 싸웠다. 서로를 알아 가는 연애 기간에도, 함께하는 삶을 맞춰 가는 신혼 때도 이렇게 목소리 높여 싸운 적이 없었는데, 이상하리만치 많이 다퉜다. 2세 계획에 빨리 성공하고 싶었던 조급한 마음은 한 줄짜리 임신 테스트기를 마주할 때마다 실망감으로 변했다.

'임신을 하겠다, 라고 마음만 먹으면 바로 될 줄 알았는데….'

게다가 항승과 함께 24시간을 붙어 있다 보니 혼자만의 시간과 공간이 절실해졌다. 캐나다까지 단숨에 날아가서 그를 만날 정도의 찐 사랑이었는데, 어느새 이렇게 '혼자 있고 싶다'는 마음이 절실해지다니. 사랑이란 무엇일까, 부부란 무엇일까, 인생이란 무엇일까에 대해 깊이 고민했던 시기였다. 아마도 그의 취업과 2세 계획이 겹치며 불확실한 미래 앞에 서야 했기에 마음도 더 불안했던 것 같다. 항승은 이전과 똑같이 날 사랑하고 아껴 줬지만, 눈 덮인 산에서 스노보드를 타고 빠르게 활강할 때와는 다르게 생기가 없어 보였다. 짜릿한 도전이 끝나면 달콤한 현실 위에 단단하게 두 발을 붙이고 설 수 있을 줄 알았는데, 이상하게 발밑이 자꾸 뭉그러졌다.

그렇게 몇 달이 지나고 연극 공연을 위해 대전의 한 숙소에서 밤을 보낸 후, 다음 날 아침이었다. 국가대표 선수에서 취업 준비생이 된 항승은 딱히 정기적으로 할 일이 없었기에 나와 함께 전국을 다니며 공연 진행을 함께했다. 그날따라 뭔가 이상한 느낌이 들어 조용히 일어나 화장실로 들어갔다. 소변 색이 보통의 날들과 다르게 굉장히 노랬다. 마치 비타민 음료를 들이부은 듯 한 번도 보지 못했던 색이었다.

자고 있던 항승을 깨워 임신 테스트기를 사오라며 비몽사몽 한 그를 숙소 밖으로 떠밀었다. 얼마나 빨리 달려갔다 온 건지, 십 분도 채 지나지 않았는데 그가 벌써 숙소로 돌아왔다.

두 줄이었다.

# 3

# 뜨뜻미지근하지만 이것도 사랑

# 보통의 부모처럼

임신 기간 동안 고민을 꽤나 많이 했었다. 생략된 주어는 모두 "아빠 항승"이다.

'아이를 한 손으로 돌볼 수 있을까?', '신생아를 안고 분유를 먹일 수 있을까?', '기저귀를 갈 수 있을까? 목욕은?', '축구나 농구 같은 운동을 같이 해줄 수 있을까?'.

내 남편이 장애인인 것과 내 아이의 아빠가 장애인인 것은 완전히 다른 이야기. 남편은 선택할 수 있지만 아빠는 선택할 수 없다. 부모에게 장애가 있다는 것이 아이에게 미안해할 일은 아니지만 인생에서 굳이 경험하지 않아도 될 것들을 겪게 해야만 한다는 건 명백한 사실이었다. 안으면 부서질까 걱정되는 신생아 육아부터 아직 먼 미래인 학교 입학 후에 생길 일들까지, 매일 새로운 걱정거리를 발굴하며 홀로 고민하는 시간들이 길어졌다.

그런 나를 보고 항승은 말했다.

"강원도 처가에서 한 손으로 조카 모모를 안고 닭 모이를 주러 간 적이 있어. 닭장 가까이에 가서 모이를 부어 주려고 몸을 숙이는데 순간 휘청거렸어. 근데 있잖아, '아이가 떨어지면 안 되는데'라는 생각을 하기도 전에 모모가 먼저 양팔과 다리로 날 강하게 붙잡더라. 두 돌도 되기 전일 텐데. 그 어린 아기도 내 몸이 뭔가 불안했던 건지 정말 온 힘을 다해 붙들더라고."

아이를 안은 성인의 몸이 어떠한 이유에서든 휘청거린다면 그 사람은 어떻게든 아이를 보호하려 몸의 자세를 바꿀 것이다. 그래야만 한다. 하지만 항승은 그런 상황에서 빠르게 대응할 수 없다.

허나 아무리 어린아이이라도 '떨어지지 않으려는 의지'가 있다.

"아이의 힘을 믿자. 아니, 아이와 우리의 힘을 믿자. 함께 헤쳐 나갈 그 힘을 믿어 보자."

그의 장애를 하나하나 곱씹으며 '그가 할 수 없는 일'을 찾아 고민하기보다는, '그가 할 수 있게 하는 방법'을 찾는 것이 더 적절한 선택이었다. 이렇게 우리의 고민들은 때로는 답을 찾고, 때로는 다시 제자리인 채로 자연스럽게 삶에 스며들었다.

생후 6개월이 지났을 때쯤, 아이는 주방에 선 아빠의 뒷모습을 물끄러미 쳐다보았다. 그의 상체를 먼저 보고, 그다음은 시선을 내려 다리를 보았다. 엄마인 나를 보는 눈빛과는 그 결이 꽤나 달랐다. '아빠가 저기서 내 밥을 만들고 있네?'라는 뜻이 아니라, '아빠 다리는 왜 저렇지?'라는 의미가 담긴 눈빛이었다. 물론 6개월 아기의 마음을 정확히 읽어 낼 정도로 독심술이 있는 것은 아니지만 항승도 나도 똑같이 매번 그 눈빛을 보고 관찰한 결과, 분명 다른 뭔가가 있었다. 그 시선이 신기해서 사진으로도 남겨 두었다.

돌이 지나고 두 살이 됐을 무렵에는 좀 더 적극적으로 아빠의 몸과 다리를 탐색하기 시작했다. 처음엔 아빠의 의족을 신기한 듯 조심스럽게 만져 보았고, 나중에는 아빠가 벗어 둔 다리를 보면 "아빠! 아빠!" 하며 '이건 아빠의 다리야. 빨리 껴야 해! 아빠에게 가져다줘야 해!'라는 의미로 우리의 손을 이끌기도 했다. 가끔은 아빠는 왜 팔이 없냐며, "빠! 빠!"라며 항승의 빈 소매를 잡아당겼다. 도저히 이해할 수 없다는 표정으로.

훗날 아이가 커서 학교에 가게 되면 친구들은 반드시 이렇게 묻겠지. 아무런 악의도 없이 순수하게, 하지만 직설적으로.

"너네 아빠는 왜 팔이 없어?"

아이는 뭐라고 답할까. 나는 아이에게 어떻게 답하라고 가르쳐 줘야 할까. 정답은 이미 알고 있지만 생각처럼 쉽게 입 밖으로 꺼내지지가 않는다.

·

항승의 어린 조카가 가족들에게 그의 팔에 대해 처

음으로 물었던 날이다.

“왜 삼촌은 팔이 없어?”

순간 정적이 흘렀고, 가족들은 머뭇거리다 이렇게 말했다.

“도깨비가 잡아먹었어. 너네도 말 안 들으면 도깨비가 와서 잡아먹는다!”

사실을 있는 그대로 이야기해 주고 싶었지만 그럴 분위기가 아니었기에 가만히 입을 다물고 있었다. 나의 딸이 커서 똑같은 질문을 한다면 나도 이렇게 답할지도 모르겠다. 정답이 존재하지만, 꼭 모든 상황에서 정답이 필요한 건 아니니까.

본인의 의지와는 상관없이 나와 항승의 자녀로 태어난 이 아이는 자라면서 굳이 경험하지 않아도 될 감정들을 반드시 마주하게 될 것이다. 하지만 이 험한 세상을 살면서 정말로 중요한 것은 장애 따위가 아니라는 걸 그와 함께한 지난 시간 동안 내가 깨달았듯이, 아이도 자연스럽게 알게 될 거라 믿는다.

[딸에게 쓰는 엄마의 편지]

설아. 태어나 보니 아빠는 다리가 세 개나 있었지? 진짜 다리 하나, 집에서 쓰는 의족 하나 그리고 밖에서 쓰는 의족 하나. 남들은 다리가 겨우 두 개밖에 없는데 네 아빠는 다리가 무려 세 개야. 얼마나 멋지니? 아빠가 장애인이 된 건 좋아서 한 선택이 아니란다. 하지만 장애인인 아빠와 사랑을 하고 결혼을 한 건 엄마가 좋아서 한 선택이야.

아빠는 힘들고 어려울수록 더 빛나는, 치열하고 멋진 열정을 가지고 있는 사람이야. 엄마는 그런 아빠의 모습에 완전히 사랑에 빠져 버렸고, 사랑할수록 장애는 보이지 않게 되더라.

너의 선택이 아니었음에도 어쨌든 장애인 아빠를 가지게 됐으니 앞으로 살아가면서 참 많은 고민들을 하게 될 거야. 사람들의 편견 앞에서 속상한 일도 많겠지. 엄마는 그럴 때마다 더 당당하게 살려고 애를 썼는데 너는 그러지 않았으면 좋겠어. 굳이 당당할 필요도, 위축될 필요도 없어. 그냥 이게 우리 가족의 모습인 거야. 하지만 그럼에도 불구하고 너는 반드시 힘든 상황 앞에 서게 될 거야.

그럴 때는 주저 없이 엄마를 찾아 이야기해 주겠니? 함께 대화하며 서로의 마음을 감싸 주자. 아빠가 엄마에게 해줬던 것처럼 엄마도 설이를 따뜻하게 안아 줄게. 세상 모든 아름다움을 담은 너를 언제나 지지해.

## 육아 앞에선 찐 사랑도 뜨뜻미지근

항승을 정말 절절하게 사랑했다. 나를 걱정하는 어머니의 눈물보다 그를 선택했을 정도로, 꿈을 찾아 도전하겠다는 그에게 '돈 한 푼 벌어 오지 않아도 좋으니 3년간 훨훨 날고 와라'고 말할 정도로 나의 사랑은 찐 사랑이었다. 물론 나를 향한 그의 사랑도 마찬가지였다. 작은 자취방이든 캐나다의 산꼭대기든, 어디서 무엇을 하든 그의 1순위는 항상 나였다.

하지만 아이가 태어나고 현실 육아에 뛰어들자 우리의 사랑도 점차 희미해져 갔다. 아이는 우리가 세상에서 처음 느껴 보는 다른 차원의 행복을 경험하게 해줬지만 동시에 일상의 많은 것들을 복잡하고 어렵게 만들었다. 내가 아무리 열심히 노력한다고 해도 마음처럼 흘러가지 않는 것이 바로 육아였다.

모두가 잠든 밤, 2시간마다 깨서 우는 아이를 안고 등을 토닥이며 하염없이 방 안을 걷고 또 걸었다. '백일 즈음에는 통잠을 자니까 육아가 훨씬 쉬워질 거야'라는 주변의 말에 희망을 걸고 꾸역꾸역 백일을 버텼다. 하지만 통잠은 '깨지 않고 10시간을 통으로 자는 것'이 아니라 '깨더라도 토닥여 주면 다시 잠드는 것'을 의미했다. 결국 아이는 자다 깨도 다시 잠들 수 있지만 그 옆을 지키는 부모는 불멸의 밤을 지새워야 한다는 걸, 경험하고 나서야 알았다.

내가 원해서 낳은 아이였지만 그 감당을 혼자만 하고 있다는 생각에 억울함이 턱 끝까지 밀려왔다. 항승은 아이가 태어나도 똑같이 출근을 하고 사람들을 만나는데 왜 나는 집에만 갇혀서 아이 토 냄새가 나는 옷을 갈아입지도 못하고 있어야 하는가에 대해 분노가 치밀어 올랐다. 이렇게 억울함이 밀려오는 날이면 아이도 나의 감정을 읽었는지 유난히 더 울고 짜증을 냈다. 그럴 때면 퇴근한 항승에게 아이를 던지듯이 건네주고 방 안에 들어가 혼자 하늘을 보며 생각을 정리했다.

여기까지만 읽으면 '그렇게 안 봤는데 항승 씨 참 나쁜 사람이네. 육아를 주리 씨한테만 전담시켰나?' 라는 생각이 들 수도 있지만 당연히 그렇지 않다. 항승도 마찬가지로 살면서 가장 바쁜 일 년을 보냈다.

이른 새벽에 깨는 아이와 시간을 보내다 대충 밥을 먹은 뒤 출근한다. 종일 일하고 집에 돌아오면 어딘가 모르게 화가 난 표정의 지친 부인이 아이를 자기 손에 넘겨준다. 부인이 잠시 휴식을 취할 동안 항승은 옷도 제대로 갈아입지 못한 채 아이를 본다. 하루를 24시간이 아닌 48시간으로 쪼개 사는 것처럼 직장 생활과 육아를 병행하며 최선을 다했다. 둘 다 각자 맡은 일을 열심히 하며 버텼지만 노력의 정도와는 별개로, 육아는 보통 일이 아니었다.

내가 하고 싶은 것을, 내가 하고 싶은 때에, 내가 하고 싶은 만큼 할 수 없는 것. 나에게 육아란 이런 것이었다. 현실 육아로 인해 누적된 피로는 우리에게 '서로를 향한 시간'보다는 '누구도 나를 방해하지 않을, 아무도 나에게 말을 걸지 않을 혼자만의 시간'을 더 원하게 했다.

아침에 눈을 뜨면 아이의 분유를 타고 바로 항승의 아침 식사 준비를 한다. 그가 출근하기까지 약 1시간 동안 우리가 주고받는 대화는 많지 않다.

주로 오늘은 어떤 일정이 있는지, 뭘 하면서 아이와 시간을 보낼 건지를 이야기하며 서로의 하루를 브리핑한다. 그렇게 그가 출근했다가 퇴근해서 다시 집으로 돌아오면 우리의 대화는 새롭게 시작된다. 하지만 대화의 주제와 결, 느낌은 아침의 일정 브리핑과 크게 다르지 않다. 아침에는 "나 오늘 다롱 씨네 가려고~"였다면 저녁에는 "나 오늘 다롱 씨네 갔다 왔어~"로 그 시제만 변할 뿐이다.

아이와의 저녁 시간에는 해야만 하는 일이 정말 많다. 저녁 먹이고, 목욕시키고, 집 정리하고, 빨래하고, 밤잠 준비를 해서 재워야 한다. 항승의 퇴근 후 우리의 육아 퇴근까지 약 2시간 동안 그와의 대화가 결코 깊고 넓을 수 없는 이유이기도 하다. 해야 할 일이 있으니까.

그러다 기쁨의 육아 퇴근이 오면, 아이가 자는 방의 문을 조심스럽게 닫고 나오는 순간 그와 짧은 대화를 주고받는다.

"자?"

"자~."

하루 종일 서로 고되고 지친 하루를 보냈기에 아이가 잠들면 각자 혼자만의 시간을 보내곤 한다. 한 사람이 소파에 앉아서 핸드폰을 보고 있으면 다른 한 사람은 자연스럽게 다른 곳에 자리를 잡고 앉는다. 그렇게 잠들기 전까지 각자의 충전 시간을 보낸다.

이런 날들이 반복되자 괜히 서운한 마음이 들었다. 절절하게 끓던 사랑은 어디 가고 서로를 내외하는 사랑만 남았을까. 이런 사랑도 사랑인가, 한숨 섞인 아쉬움이 피어올랐다. 그런 나에게 항승이 말했다.

"요즘 우리 사랑이 좀 뜨뜻미지근하긴 했지. 근데 이것도 자연스러운 과정이 아닐까?"

뜨뜻미지근한 상태란 무엇일까. 아이가 낮잠을 자는 동안 대충 점심을 때우기 위해 라면을 끓였다. 한 젓가락을 겨우 떠서 먹으려 하니 때마침 방 안에서 아이의 울음소리가 들린다. 겨우 어르고 달래서 다시 재운 뒤 라면을 먹기 시작했다. 그때 먹는 라면의 온도, 맛, 느낌. 이것이 바로 뜨뜻미지근한 상태다. 뜨거운데 뜨겁진 않은 상태. 맛있는데 맛있진 않은 상태.

여전히 항승을 사랑한다. 사랑을 하기는 한다. 연인으로서, 남편으로서, 인생의 파트너로서 그를 사랑한다. 다만 육아 앞에서는 그 절절한 사랑도 맥을 못 출 뿐. 육아 퇴근 후에는 그 사랑을 마음속으로만 간직하고 싶다. 그에게 가까이 다가가서 불타는 몸과 마음으로 사랑을 표현하기엔 나에게 에너지가 부족하다.

물론 그도 마찬가지다. 우리는 이렇게 각자의 자리에서 각자의 방식대로 충전을 해야 한다. 아기는 하루 10시간의 밤잠으로, 항승은 TV로, 나는 별 영양가 없는 인터넷 검색으로 바닥난 에너지를 채운다. 마음은 방문을 넘어 항승의 옆에 있지만, 몸은 방 안의 의자에 기대어 있다. 이런 우리를 보고 "부부 싸움은 칼로 물 베기다"라고 말하는 사람들도 있었다. 아니, 뭘 싸워야 칼을 뽑아 베기라도 하지, 우리 사이에 싸움은 전혀 없었다. 다만 절절하게 끓지 않을 뿐.

요즘 우리는 이렇게 뜨뜻미지근한, 덜 절절한 사랑을 하고 있다. 그래도 괜찮다. 마주 보고 앉아 치킨 다리를 하나씩 나눠 먹으며 행복했던 예전이 있다면, 각자의 자리에서 깡 맥주 하나씩을 때리며 온전한 휴식을 취하는 지금도 있을 뿐이다.

'사랑의 형태는 상황에 따라 변할 수 있지만 알맹이는 변하지 않는다.'

이 말을 마음에 새기고 오늘도 주어진 하루를 성실하게 살아야지, 별 수 있나!

## 가끔 내가 희미해질 때

아이를 낳고 오랜만에 공연장을 찾았다. 출산 전 활동하던 극단에서 공연을 올린다기에 야심 차게 아이의 손을 잡고 대학로로 향했다.

오랜만에 만나는 동료들과 반가운 인사를 나눠야지, 라고 생각하며 극장의 문을 열었는데 그 순간 아이가 크게 울기 시작했다. 얼마나 심하게 울던지, 공연이 시작되기도 전에 문밖으로 다시 나갈 수밖에 없었다. 낯선 사람과 환경, 소리들로 가득한 공연장이 2살 아기에게는 당연히 적응하기 힘들었겠지, 이해는 하지만 속상했다.

결국 공연 내내 마음을 졸이며 문을 사이에 두고 나갔다 들어왔다를 반복했다. 공연이 다 끝나고 단체 사진을 촬영하기 위해 아이를 안고 공연장 안으로 들어갔는데 역시나 울음을 그치지 않았다. 촬영된 사진을 보니 극장 안 수십 명의 사람들이 모두 환하게 웃고 있는데 아이와 나만 울고 있었다. 아이는 찡그리며 울고, 나는 마음으로 울고 있었다.

나는 아이를 낳기 전까지 대학을 졸업함과 동시에 쉬지 않고 일을 해왔다. 연극 강사로, 연극배우로, 결혼식 사회자로 일할 수 있는 기회가 있다면 마다하지 않고 일했다. 그런 내가 '나의 일'을 멈추고 전업주부가 됐다는 사실을 처음에는 받아들이기 어려웠다. '전업주부'라는 네 글자 안에 얼마나 많은 '일'이 있는지 처음에는 몰랐다.

"청소는 청소기가 하고, 빨래는 세탁기가 하는데 뭔 할 일이 그렇게 많아?"

아직도 이런 소리를 하는 사람이 있냐고 반문할 수도 있지만 정말 있다. 분명 단 한 번도 본인의 살림을 주도적으로 이끌어 본 적이 없는 사람이라고 확신한다. 청소기와 세탁기를 돌리는 것뿐만 아니라 화장실 휴지가 떨어지지 않도록 미리 확인해서 쌓아 두는 일, 세탁기 안쪽 망에 걸린 먼지들을 걷어 내는 일, 밥솥 안쪽 스테인리스 커버를 빼서 누른 때를 제거하는 일. 누군가는 반드시 해야만 하는 일들이지만, 해도 별로 티가 안 나니 억울하다.

나도 분명 출근할 일터가 있던 사람이었는데 왜 지금은 집이라는 공간을 벗어나지 못하는 '엄마'가 된 건지 인정하기 힘들었다. 아무도 강요하지 않은 나의 선택이었지만 가끔은 가슴에 큰 구멍이 생긴 것처럼 허무했다. 웃기는 일은, 전업주부 엄마로 살면서 계속해서 '예전의 나'에 대한 환상을 키워 갔다는 것이다. 그저 평범한 직장인 중 하나였던 나를 마치 '회사에서 없어서는 안 될 핵심 인재'라도 되는 양 착각하며 현실을 탓했다. 막상 출근을 하면 매일이 지루하도록 비슷한 하루하루의 연속일 텐데, 집에만 있으니 그날들이 어찌나 반짝이던지. 그리워할수록 지금의 내 모습만 더 초라해 보였다. 나의 욕구가 아닌, 아이의 성장을 위해 살아가는 매일이 낯설었다.

물론 하루의 순간들은 행복으로 가득했다. 아이의 옹알이, 뒤집기, 첫걸음의 순간들을 가장 가까이에서 마주할 수 있다는 사실이 나에게 엄마 됨의 기쁨을 주었다. 하지만 그런 행복감 뒤에 희미해져 가는 나의 모습을 마주해야 할 때면 속상하기도 했다.

종일 아이와 이야기하다 보면 엄마가 아닌 인간 권주리로 대화하는 방법을 까먹는 것 같았다. 아이를 매개로 한 만남도 만들어 봤지만 칭얼대는 아이를 품에 안고서 엄마가 아닌 인간으로서 대화를 한다는 건 불가능한 일이었다. 한 손으로는 다 식은 커피를 겨우 들이켜며, 다른 한 손으로는 아이가 흘린 음식물을 닦았다. 이런 상황에서 나의 생각과 고민을 꺼내는 건 사치라고 느껴졌다. 상대방의 모습도 나와 같았기에 우리는 그저 현재 '엄마인 나'의 모습만을 보일 수밖에 없었다. 아이의 욕구 앞에서 나의 욕구는 자연히 그 모습을 감췄다.

그 속에서 위로가 된 건 책을 읽거나 글을 쓰는 일이었다. 반복되는 엄마의 일상에서 벗어나 책 속 누군가의 지식과 상념을 훔쳐본다는 사실만으로도 희미해져 가는 나 자신을 다시 찾아가는 길을 만난 것 같았다.

글을 읽으며 작가들과 같이 울고 웃었다. 그리고 나도 블로그에 끊임없이 글을 썼다. 아이가 잠을 자지 않아 불멸의 밤이 계속될 때는 울면서 한풀이로 글을 썼고, 직접 만들어 준 이유식을 한 그릇 싹 비우면 내 아이 좀 보고 예뻐해 달라며 자랑의 글을 썼다. 육아가 주 일상이었기에 여전히 주어는 '아이'였지만 그 상황을 느끼고 해석하는 건 바로 '나'였다. 관찰자의 입장에서 쓴 글들에, 주어진 상황은 달라지지 않았을지언정 나의 태도는 변했다. 희미해졌던 나를 조금씩 뚜렷하게 되찾았다.

오늘도 비슷한 하루의 반복이지만 그 안에서 사소한 기쁨을 찾아내기 위해 읽고 쓴다. 어제처럼, 그리고 내일도 마찬가지로.

## 누구에게나 애착 이불이 필요해

대부분의 아이에겐 애착 물건이 존재한다. 생후 6개월 정도가 지나면 양육자와의 분리를 처음으로 깨닫게 되는데 그때의 분리 불안을 줄여 주는 것이 애착 물건이라고 한다. 특히 부드럽고 포근한, 적당한 사이즈의 이불은 애착 이불이라는 이름을 붙여 팔 만큼 널리 쓰인다.

딸에게도 애착 이불이 존재한다. 이불 양쪽에 좁쌀이 든, 숙면을 도와주는 이불인데 겉 커버가 거즈 면이라서 만지면 참 부드럽다. 아이는 이 애착 이불에 볼을 비비고, 냄새를 맡으며 잠을 청한다. 어찌나 좋아하던지, '저 이불이 뭐가 그렇게 좋을까' 하는 생각에 나도 볼을 비비고 냄새를 맡아 봤다.

좁쌀의 구수한 냄새와 거즈 면의 보드랍고 포근한 느낌이 합해져 꽤나 기분이 좋았다. 친정에 다녀온 주말, 집에 돌아와 짐을 풀었는데 아이의 애착 이불이 보이지 않았다. 가방 옆에 앉아 자신의 이불을 달라며 두 손을 주물럭거리며 기다리는 아이에게 "할머니 집에 두고 왔나 봐. 미안해"라고 말할 수밖에 없었다. 아이는 눈을 동그랗게 뜨고 가방 안을 열심히 뒤적였다. 이내 세탁기 앞으로 가서 여기에 있는 거 아니냐고 나에게 손짓, 발짓으로 다급하게 물었다. 집에 없다고 답하니 이번엔 베란다 건조대 앞으로 가 이불을 찾았다. 비상용으로 준비해 둔 일반 면 이불을 방에서 꺼내 주니 아이는 냉큼 껴안고 냄새를 맡았지만 만족스러워 보이진 않았다. 일 년 넘게 물고 빠느라 해지고 터진 그 거즈 면의 애착 이불만이 아이에겐 유일한 마음의 안정이었다.

그래서 우리는 그 이불을 말할 때 아예 '마음의 안정'이라고 부른다.

"이제 잘 시간이니까 마음의 안정 가져올까?"

그럼 아이는 집 구석구석을 다다다다 뛰어다니며 애착 이불을 찾아온다. 온몸을 비비며, 좁쌀 향기를 가득 머금으며, 얼굴에 뒤집어쓰고 까꿍 놀이를 몇 번 반복한 후에야 깔고 누워 잠을 청한다.

가끔 나에게도 애착 이불이 있으면 좋겠다는 생각이 든다. 알 수 없는 불안감을 줄여 주는 것, 부담 없이 기대어 마음의 안정을 느낄 수 있는 것. 나에게도 있었을까.

사랑만이 유일한 나의 안정이 될 수 있을 거라 생각했다. 그래서 많은 연애에 뛰어들었지만 급하게 얻은 사랑은 그만큼 빠르게 색이 바랬다. 연인에게서 얻을 수 있는 애착과 안정도 분명 존재했지만 내 마음 깊은 곳까지 채워 줄 만큼의 양과 결은 아니었다. 댐이 개방된 듯 흘러넘치는 사랑을 주던 연인들이, 나의 사소하고 이기적인 사랑이 반복될수록 가둬진 저수지처럼 사랑을 멈춰 버렸다. 사랑하는 연인이라면, 애착을 주는 상대방이라면 무슨 일이 있어도 끝까지 내 옆에 버티고 서 있어야 하는 것이 아닌가, 라며 분노할 겨를도 없이 새로운 사랑을 찾아 헤매는 나 자신이 초라했다. 나 역시 그들을 포근하게 안아 줄 애착 이불은 되지 못했다. 안타깝게도.

사랑이 아니라면 무엇에서 안정을 얻을 수 있을까. 수많은 것들에 몸을 비비고 냄새를 맡으며 나의 애착 이불을 찾고자 했다. 순간의 쾌락이나 잔잔한 행복감을 주는 것들은 있었지만 아이의 애착 이불처럼 마음의 안정을 주는 것은 없었다.

그러다 항승을 만났다. 그가 완벽한 사람이라서 나를 애정으로 무조건 감싸 안아 준 건 당연히 아니다. 그를 내 마음의 안정, 애착 이불로 만들기 위해서는 나도 이전까지와는 다른 방식의 노력이 필요하다는 걸 알았다. 생각해 보면 애착 이불과 사람과의 관계에는 공통점이 있다.

1. 더러워질 수 있다.

아이의 애착 이불은 너무 많이 물고 빨려서 곳곳에 실밥이 터지고 해졌다. 일주일에 한 번, 세탁하기 위해 아이의 손에서 이불을 가져갈 때면 아이는 세상 슬픈 일은 혼자 다 겪은 듯 애틋한 눈빛으로 이불의 마지막을 배웅한다. 이 작은 아이도 자신의 소중한 애착 이불이 더러워질 수 있음을 안다.

사람과의 관계에서 이 부분을 인정하는 것이 가장 힘들었다. 화염같이 타오르던 사랑도 이내 사그라질 수 있다는 것, 인생에 다시없을 총천연색 같은 사랑도 쉽게 그 색을 잃을 수 있다는 것. 우리의 관계도 더러워질 수 있다는 것을 알아야 했다. 그가 패럴림픽에 도전하기 위해 멀리 떨어져서 살아야 했을 때도, 육아로 인해 우리 사이가 뜨뜻미지근해졌을 때도 이것이 그가 나를 사랑하지 않아서 벌어진 일이 아님을 이해하려 했다. 그냥 잠시 상황이 변한 것이다. 그럴 수도 있는 것이다.

2. 기다려야 한다.

애착 이불이 세탁기에서 돌아가는 동안 아이는 그저 기다린다. 처음엔 세탁기 앞으로 가서 손짓과 "어"라는 표현으로 자신의 이불을 돌려 달라며 조르기도 했지만 이제는 재촉하지 않는다. 깨끗하게 세탁된 이불이 건조대에서 마르는 동안에도 유리문 너머에서 바라만 볼 뿐 가까이 가서 만지지는 않는다. 이전에 몇 번 만져 보니 이불이 젖은 상태라는 걸 아는 눈치다. 사랑하기에 기다린다.

항승과의 관계에서도 마찬가지였다. 말다툼을 할 때면 무조건 그 자리에서 사건의 전후 내막을 밝혀내야만 속이 풀리는 나와 달리, 그는 혼자 생각하고 정리할 시간을 가진 후 대화하길 원했다.

처음엔 무언가 뒤가 구려서 내 앞에 서기를 피하는 건가 싶어 그를 닦달했지만 이제는 그를 재촉하거나 쫓지 않는다. 잠시 동굴에 들어가야겠다는 신호를 보내면 조용히 그 입구에 앉아서 커피 한잔과 함께 나만의 시간을 가진다. 동굴 속에서 포효하는 소리가 들리든, 무너지는 소리가 들리든 관여하지 않고 그저 기다린다. 그렇게 각자의 시간을 보낸 후 다시 만나면 우리는 좀 더 솔직하고 넓은 시야로 서로를 마주하게 된다.

3. 해지면 꿰매면 된다.

지퍼가 뜯어지고 실밥이 터진 애착 이불이 너무 안돼 보여서 아이에게 "이거 다시 붙여 줄까?" 하고 물었다. 자신의 손에서 이불이 떠나는 것이 그저 싫은 아이는 잽싸게 다른 곳으로 가버렸다. 하지만 아이의 입속에서 잘린 실밥을 발견한 순간, 더는 참지 못하고 반짇고리를 챙겨 앉았다. 색색의 실뭉치에 정신이 팔린 아이는 자신의 이불이 기워지는 것도 몰랐다. 이내 번듯해진 이불을 다시 머리에 쓰고 온몸으로 냄새를 맡았다. 아이의 사랑은 여전히 현재 진행형이다.

관계 또한 마찬가지다. 관계가 해지면 꿰매면 되는 것이다. 앞으로 어떤 관문들이 우리를 기다리고 있을지 상상조차 할 수 없다. 지금까지의 어려움과는 비교도 할 수 없을 정도로 더 큰 시련들이 찾아올 것이다. 하지만 함께 헤쳐 나갈 마음만 있다면 반드시 방법을 찾아낼 수 있다. 꿰맨 자국이 남아도 그것 또한 사랑이라고 말할 수만 있다면, 됐다.

아이가 성장함에 따라 애착 이불은 점점 그 존재감이 희미해질 것이다. 5년 정도 지나면 언제 가지고 놀았냐는 듯 기억조차 하지 못할 수도 있다. 그래도 온몸으로 냄새를 맡고 뒹굴던 그때의 감각은 남아 있겠지. 이불 가득히 맺힌 좁쌀의 고소한 냄새, 양 볼을 감싸던 거즈 면의 포근함.

아이가 어른이 돼도 자신만의 안정을 찾을 수 있기를 바란다면 나의 지나친 욕심일까. 실밥이 터지면 스스로 꿰맬 수 있기를 바란다면 이것이 바로 부모의 욕심일까.

# 4

# 유쾌한 우울가로 살아가기

# 유쾌한 우울

항승을 만나기 전 지난 연애의 이야기다.

"주리, 네 밝은 모습 뒤에 검은 그림자가 보여."

사랑이 끝나겠구나, 예상할 틈도 없이 갑작스러운 그이의 말이 날 덮쳤다.

"그 큰 그림자는 동생 때문에 생긴 거야. 내 눈에는 그게 보여."

그이는 이 두 마디를 남기고 나와의 사랑을 끝냈다. 도대체 그게 무슨 소리냐며, 검은 그림자가 우리 사랑에 무슨 문제가 되냐며, 내 동생이 왜 나에게 커다란 그림자가 된 것이냐며 그에게 따지고 싶었지만 이미 끝난 사랑에 아무리 매달려도 돌아오는 답은 없었다.

동생은 어릴 적부터 자주 집을 탈출했다. 우리 가족에겐 탈출이었고 그에겐 외출이었다. 그이는 밤늦도록 자전거를 타고 온 동네를 돌며 동생을 함께 찾아 준 사람이었다. 괜찮을 거라며, 멀리 못 갔을 거라며 나를 위로하던 그가 결국 동생으로 인한 나의 검은 그림자, '우울'을 이유로 끝을 고했다.

처음엔 그따위 말을 하고 떠난 그를 원망하며, 어떻게 내 동생을 나의 검은 그림자라고 칭할 수 있는지에 대해 가슴을 치며 분노했다.

몇 달, 몇 년, 그리고 십 년이 지나고 나서야 그의 마지막 말에 고개를 끄덕일 수 있었다. 인정해야 한다. 동생은 내가 어찌할 수 없는, 노력한다고 해서 변화시킬 수 없는, 평생을 가지고 살아야 할 커다란 우울, 나의 '검은 그림자'다.

우울함의 시작은 언제였을까. 열 살 무렵의 여름, 개학식 전날. 그날 방 안에서 혼자 일기장을 꼭 잡은 채로 숨을 삼키며 울었다. 장애가 있는 동생이 고추장 묻은 손으로 책상 위에 있던 내 일기장을 만져 버린 뒤였다. 표지부터 속지까지 온통 빨간 손자국으로 가득했고 시큼한 냄새까지 났다. 시키는 대로 열심히 하는 모범생 스타일이었던 나는 당장 내일이 개학인데 이렇게 더러워진 일기장을 어떻게 선생님께 제출하냐며 어머니께 신경질을 냈다. "그러니까 동생 손이 안 닿는 곳에 놨어야지"라는 어머니의 말에 더 이상 할 말이 없었다.

맞다. 동생이 만져서 탈이 날 것 같은 물건들은 미리 치워 놨어야 하는 것이 우리 집의 암묵적인 규칙이었다. 미처 치우지 못한 나를 탓하며, 방 안에서 일기장을 부여잡고 혼자 울었다.

그날 처음으로 '어찌할 수 없는 내 삶의 우울함'을 마주했던 것 같다. 우울하다는 단어의 뜻조차 제대로 이해하지 못했던 어린아이였지만, 그 감정은 슬픔이나 두려움, 미움 따위가 아니었다. 그건 명백히 우울이었다.

특수학교를 다니던 동생이 성인이 되어 졸업을 하고 나니 더 이상 갈 곳이 없었다. 주간보호 센터나 복지관을 전전하며 시간을 보냈지만 날로 심해져 가는 문제 행동 때문에 그곳에서도 퇴소 통보를 받았다. 타인을 때리는 폭력 행위는 없었지만 본인의 얼굴을 때리는 자해 행동을 반복했다. 가만히 두면 한 시간이 넘도록 얼굴을 강하게 때려 온 방에 피 칠갑을 했다. 그럴 때면 어떤 방식의 회유나 협박도 통하지 않았다. 그저 동생의 화가 가라앉을 때까지 기다려야 했다. 화가 난 이유만이라도 알 수 있다면 좋았겠지만, 대학에서 특수교육을 전공한 나도 그걸 알 수는 없었다.

일주일에 한 번이었던 자해가 하루에 두 번으로 빈도수가 높아지면서 부모님은 더 이상 서울의 아파트에서 살 수 없게 됐다. 온 동네가 동생의 장애를 알고, 이해해 주는 편이었지만 밤새도록 집에서 쿵쿵대며 뛰는 행동은 그 누구라도 이해해 줄 수 없는 일이었다. 7cm 두께의 매트를 집 안 전체에 깔았지만 소용없었다. 몇 년 동안 층간 소음을 참아 주던 아랫집에서 처음으로 연락이 왔다. 아랫집으로 내려간 아버지는 동생이 뛰는 충격으로 커다란 액자가 흔들리는 걸 목격하셨고, 곧바로 지방으로 이사 갈 것을 결정하셨다.

어머니의 고향인 강원도로 이사를 했지만 사는 곳만 달라졌을 뿐 상황 자체는 변하지 않았다. 동생의 자해 행동과 돌발 행동은 날이 갈수록 강해졌고 종일 동생과 함께 지내던 어머니의 목소리는 날로 날카로워졌다. 낮 시간만이라도, 주중만이라도 좋으니 아들과의 분리가 절실했다. 늘 단정하고 밝던 부인이 점점 신경질적으로 변해 가는 것을 지켜봐야만 했던 아버지는 전국 곳곳의 장애인 생활 시설을 찾아 나섰다. 주변에서 추천받은 곳, 전국에서 시설이 좋기로 소문난 곳, 약효가 끝내준다던 병원형 시설, 이십 년 넘게 후원하고 있던 곳 등 갈 수 있는 곳은 거의 다 찾아갔다.

"걱정하지 마세요. 여기서는 잘 지낼 수 있을 겁니다"라고 호언장담했던 시설들은 동생의 문제 행동에

삼 일도 지나지 않아 모두 백기를 들었다. 알코올중독 환자들과 발달 장애인들이 함께 지내던 시설에서는 동생이 계속 있게 되면 자신들이 모두 퇴소하겠다며 단체로 항의를 했다는 웃지 못할 이야기도 들었다. '이번에는 제발 잘 적응하길'이라는 마음으로 매번 짐을 쌌지만 늘 실패였다.

마지막 희망을 가지고 입소한 작은 생활 터에서 역시 일주일도 되지 않았던 날에 퇴소 전화를 받았다. 그때 나는 항승과 함께 시가로 향하는 길이었다. 이번에도 퇴소를 당했다는 어머니의 전화에 나의 우울이 순간 극한으로 치솟았다.

'잠시라도 평범하게 살고 싶다는 소망이 우리 가족에겐 사치였던 걸까?'

전화기 너머에서 소리 없이 울고 있는 어머니에게 바로 달려가고 싶었다. 하지만 시가에 방문하는 며느리 역할을 수행하던 중이라 그럴 수 없었다. 조용히 통화를 마치고 혼자 꺼이꺼이 소리 내어 울었다. 엄마가 불쌍해서 울었다. 내가 불쌍해서 울었다. 시가에 가까워졌지만 항승은 길을 돌아 천천히 차를 몰았다. 늦은 밤, 시골길의 차가운 공기에 얼굴을 가득 묻고 우울함을 쏟아 냈다.

우울증을 치료하는 방법은 다양할 수 있지만 나의 마음속, 크고 검은 그림자는 어떠한 방법으로도 치료가 불가능하다. 동생의 누나임을 부정한다고 해서 혹은 가족과 거리를 둔다고 해서 좋아질 수 있는 성질의 우울이 아니다.

그렇다면 어떻게 살아야 할까. 나는 우울함을 대하는 나의 태도를 바꾸기로 했다. 나를 위해서. 우울함과 자주 만날 수밖에 없는 삶이지만, 그 그림자에 침식당하지 않으려 나만의 우울함을 찾아냈다. 바로 유쾌한 우울.

나는 대부분의 날들에 우울하지만 동시에 대부분의 날들을 유쾌하게 살아 낸다. 동생이 얼굴을 때리며 내는 울음소리가 이명처럼 귓가에 맴돌지만 그래도 본가에 갈 때면 그가 좋아하는 삼겹살을 사간다. 땀을 뻘뻘 흘리며 숯불 앞에서 고기를 뒤집는 누나에게 먹어 보라며 삼겹살 한 점을 건네는 동생의 매너는 바라지도 않는다. 온 가족의 접시를 젓가락으로 휘저으며 혼자서 삼겹살 한 근을 다 먹어 버릴 만큼 식탐을 부리는 그에게 당당하게 소리치며 상황을 이어 갈 뿐이다.

"야, 네 입만 입이냐? 나도 좀 먹자. 내가 사 왔다!"

30년이 넘도록 보통의 사람들처럼 차분하게 식사를 해본 적이 없는 우리 가족. 평생에 걸친 이 정신없는 식사를 우울하게 느낀다면 한없이 우울할 수 있지만, 유쾌하게 우울하기로 마음먹은 이후로는 이 상황 또한 웃으며 받아들인다. 많이 먹고 오늘은 소리 좀 지르지 말아라, 하며 슬쩍 다 익은 고기를 그의 접시에 또 얹어 준다.

유쾌하게 우울하기 위해 끊임없이 시도하고 실패한다. 때로는 사랑으로, 스노보드로, 글쓰기로, 생각으로. 어제와 오늘은 실패였지만 2년 6개월 뒤쯤에는 갑자기 성공할지도 모른다. 그때는 동생의 울음소리와 핏자국에 심장이 턱 하고 바닥 깊은 곳으로 떨어지지 않을 수도 있겠지.

어떠한 우울이 와도 유쾌하게 타고 넘어갈 수 있는 삶을 살기로 선택했다. 희망이나 긍정 같은 쉬운 단어로 삶을 꾸며 내고 싶지는 않다. 나는 오히려 도망에 가까운 삶을 산다. 물론 한 번도 도망친 적은 없지만 말이다. 앞으로도 역시나 그럴 것이다.

## 그렇게 가족이 되어 간다

결혼식을 올리고 얼마 후 항승의 가족들이 신혼집에 방문했다. 좁은 주방에서 항승과 함께 땀을 흘리며 여러 가지 음식을 준비했다. 몇 시간에 걸쳐 잡채와 어묵국, 파김치삼겹살찜, 옥돔구이, 콘치즈, 부추전을 만들었다. 메뉴에 일관성은 없었지만 모두 맛은 좋았다.

작은 집에 이렇게 많은 사람들이 모여 하룻밤을 보내고 간 적은 처음이었다. 시어머님은 집에 들어오셔서 나가실 때까지 "주리야, 애썼다. 다음부터는 이런 일 없을 거다"라는 말씀을 연신 반복하시며 미안해하셨다. 물론 많은 가족들을 맞이하느라 애쓴 것도 사실이고, 좁은 집에서 북적이며 하룻밤을 보낸다는 것이 그리 편하지만은 않은 일이었다. 하지만 그게 그렇게까지 미안해하실 일인가, 라는 생각이 들었다. 우리는 분명 가족이 됐지만 마음의 거리는 여전히 멀었다.

시어머님은 신혼집에 올라오시면서 우리가 해놓은 음식보다 더 많은 음식을 싸오셨다. 그리고 가족들이 돌아간 다음 날, 친정어머니도 꽤나 많은 반찬을 보내 주셨다. 그런데 참 신기하게도 두 집안의 반찬이 같았다. 우리는 각각 두 통의 오이소박이, 소고기 장조림, 멸치볶음 앞에서 순간 할 말을 잃었다. 그 당시 우리는 하루에 한 끼만 집에서 차려 먹어도 잘 먹는 것이었기에, 이 많은 반찬들을 썩히지 않고 다 먹는 것이 일종의 목표가 되었다.

첫날엔 한 통의 오이소박이만 꺼내서 둘이 같이 먹었다. 하지만 오이소박이란 것이 얼마나 빨리 짓무르던지, 냉장고 속에 자리 잡고 있는 저 오이소박이를 당장 꺼내 먹지 않으면 곧 버려지고 말 것이란 무서운 확신이 들었다. 다음 날부터 우리는 냉장고 속의 반찬들을 모두 꺼내 식탁 위에 올렸다. 그러자 항승은 어머님의 반찬에만 손이 갔고, 나도 똑같이 우리 어머니의 반찬에만 손이 갔다. 꾹꾹 눌러 담긴 엄청난 양의 오이소박이를 우리는 하나도 남기지 않고 정확히 4일 만에 다 먹었다. 물론 끝까지 각자의 '어머니'가 만드신 오이소박이만 먹었다.

*가족(국립국어원 표준국어대사전)
: 주로 부부를 중심으로 한, 친족 관계에 있는 사람들의 집단. 또는 그 구성원. 혼인, 혈연, 입양 등으로 이루어진다.

결혼을 하면 바로 가족이 되는 줄 알았다. 물론 단어의 뜻으로만 봤을 때는 혼인신고와 동시에 가족 관계가 되는 것이 맞지만 마음은 늘 사실보다 늦었다. 내 남자의 어머니, 아버지, 누나, 동생이기에 예의를 지키며 관계를 맺었지만 친근함이 느껴지는 가족 관계라는 생각은 솔직히 별로 들지 않았다.

시가에 방문할 때는 반드시 목적이 있었다. 어머님의 생신이나 명절처럼 가족이라면 보통 함께하는 경우였다. 특별한 목적 없이 방문하게 되는 날에는 이상하게 마음 한쪽이 영 불편했다.

'이번에 시가에 갔으니, 다음엔 우리 집에도 가자고 해야겠다.'

그냥 한번 가는 게 뭐가 그렇게 불편했던지, 꼭 시가와 친정의 방문 횟수를 동일하게 맞추려 목소리를 높였다. 막상 시가에 도착하면 하는 일은 별로 없었다. 며느리니까 새벽같이 일어나서 주방에서 쌀을 씻어야 한다는 생각은 애초에 가지고 있지 않았다.

우리는 각자의 집에 방문할 때면 그 집의 아들 또는 딸이 먼저 몸을 움직이는 것으로 규칙을 정했다. 그 덕에 며느리라서 가장 먼저 엉덩이를 떼는 일은 한 번도 없었다. 물론 그렇기에 몸은 편했지만 마음은 불편했다. 시부모님과 함께 식사를 하다 반찬이 부족하면 며느리인 내가 아니라 아들인 항승이 자리에서 일어났고 그런 상황을 바라보는 것은 생각보다 불편했다.

'보통 며느리라면 여기서 제일 먼저 일어나겠지? 이런 나를 아버님, 어머님은 어떻게 생각하실까?'

'며느리의 도리'라는 틀 앞에서 내 뜻을 접어야 하나, 라는 생각도 많이 했다. 하지만 그럴 때마다 반대의 경우를 떠올리며 끝까지 우리의 규칙을 꺾지 않았다. 친정에 가면 항승은 항상 아버지 옆자리, 상석에 앉아 편하게 밥을 먹는다. 주방에서 요리하는 어머니를 도와야 한다는 압박도 느끼지 않고, 아무도 그에게 쌀을 씻으라고 눈치를 주지도 않는다. 다 같이 식사를 하다가 반찬이 부족하면 가장 먼저 일어나는 사람은 당연히 나다. 그러니 나도 시가에서 항승과 같은 대우를 받을 권리가 있다고 생각했다.

물론 시부모님께 그 대우를 해달라고 요구하는 것이 아니라 항승에게 요구했고, 그도 그게 맞다고 생각했는지 내 의견에 잘 따라 주었다. 항승도 처가에 가면 시가에 간 나처럼 몸은 편한데 마음은 불편했을 것이다. 우리는 각자 갖고 있던 가족 구성원의 울타리가 더 넓어지자 낯설고 부담스러웠다.

아버님의 생신을 축하드리기 위해 오랜만에 온 가족이 모였다. 시부모님, 항승의 누나, 매형, 조카, 남동생, 그리고 우리 둘까지. 하나뿐인 사위에게 아버님은 "처자식 먹여 살리느라 고생이 많네. 자네가 수고가 많아"라는 말과 함께 어깨를 토닥여 주셨다.

당시에 항승이 패럴림픽 출전을 위해 일을 그만두고 쉬고 있을 때라서 우리 집의 경제적 책임은 나에게 있었다. 하지만 가족 중 어느 누구도 나에게 "남편 먹여 살리느라 고생이 많네"라는 말은 하지 않았다. 물론 농담 반 진담 반으로 하신 말씀이었고, 나보다 사위와의 관계가 훨씬 가까웠기에 거리낌 없이 하신 말씀이겠지만 괜히 서운했다. 시가와의 관계에 막장 드라마 속의 장면들처럼 드라마틱한 일은 없었지만 이런 사소한 장면, 장면이 괜히 까슬거렸다.

그러다 아이가 태어나고 어느 정도 자라 혼자서도 이리저리 다니며 노는 나이가 되니 낯설고 불편했던 시가 식구들이 조금씩 다르게 느껴지기 시작했다. 몇 년 동안 딱히 대화의 접점을 찾지 못해 얼굴을 마주할 때만 반갑게 인사하고 뒤돌아서면 서먹했던 항승의 누나. 최근에서야 남편의 누나, '형님'이라기보다는 비슷한 또래의 아이를 키우는 엄마 동료처럼 편안해졌다.

'언니도 나랑 똑같이 아이에게 밥을 먹이다가 화가 나는구나', '언니도 나랑 똑같이 아버지랑 말도 안 되는 걸로 싸우는구나'.

시가 식구라는 생각에 나도 모르게 강하게 치고 있던 울타리가 하나씩 무너졌다. 시부모님과도 마찬가지였다. 완벽한 며느리가 되겠다는 생각은 원래도 없었지만 그래도 세상이 요구하는 며느리 역할에서 너무 벗어나지는 말자라고 생각하며 스스로를 재단해 왔는데, 요즘은 더 이상 그럴 필요조차 없다. 며느리 취급을 당하지 않겠다며 예민하게 날이 서 있던 내 모습이 조금씩 뭉그러졌다. '시가'라서 다르게 보이던 그들이 그저 나와 똑같은 사람으로 보였다.

한여름의 어느 날, 시가에서 한적한 주말을 보냈다. 시조카 세 명이 딸아이를 막냇동생 대하듯 예뻐해 주었기에 나는 딱히 아이와 놀아 주기 위해 애쓸 필요가 없었다. 아이들은 다섯 시간 동안 물놀이를 했고 어른들은 그 옆에서 삼겹살과 전복을 구워 먹으며 소소한 이야기를 나누었다. 더 이상 '무슨 이야기를 해야 할까' 걱정하거나 '내가 지금 일어나서 삼겹살을 구워야 하나?'라는 눈치는 보지 않았다. 그저 흘러가는 상황에 맞게 서로의 역할에 충실할 뿐이었다. 그 자체로 모든 것이 평화로웠고 자신의 자리를 찾은 느낌이었다. 그 누구도 억울하지 않았다. 처음으로 생각했다.

'지금 우리가 바로 가족이구나.'

*가족(새롭게 내린 정의)

: 책임과 연대를 공유하는 관계.

나는 아직도 나의 '동서', 항승 남동생의 부인 성을 확신하지 못한다. 이 씨라고 알고 있는데 100% 확신한다고 말하기는 어렵다. 항승도 그런 눈치라 더 물어보지 않았다. 시가에서 만날 때마다 성을 알아내기 위해 귀를 쫑긋해 보지만 아무도 그녀의 성을 부르지 않기에 여전히 나도 그녀의 성을 모르는 상태다. 그녀는 나를 권주리로 알고 있을까 아니면 김주리로 알고 있을까. 전화번호가 없어서 연락을 해볼 수도 없다. 그래, 이 정도의 거리감도 나쁘지 않다.

아직 항승의 가족들이 완벽히 나의 가족이라고 느껴지진 않는다. 앞으로도 영원히 그럴 것이다. 하지만 시간이 지나면서 점점 서로에게 익숙해진다면 각자의 삶에 조금 더 스며들 수는 있지 않을까.

결혼 초반엔 시어머님의 전라도 음식 맛이 너무 강하고 자극적이라 맛있게 먹지 못했는데, 요즘은 없어서 못 먹는다. 특히 멜젓이 들어간 알싸한 파김치는 독보적이다. 이렇게 글을 쓰고 있으니 괜히 시가에 가고 싶어진다. 이번 방문의 목적은 어머님의 파김치 얻어먹기다. 그거면 됐다.

## 장애를 극복하며 살 수 있을까

갓 태어난 아기가 요람 안에서 울고 있다. 간호사가 아이의 몸통을 잡고 들어 올리자 무릎 아래가 없는 두 다리와 팔꿈치 아래가 없는 팔 하나가 보인다. 다섯 살쯤 되어 보이는 아이가 거실에서 무릎으로 걸으며 웃고 있다. 스키장으로 화면이 전환된다. 아이는 스키를 처음 타보는 듯 엉거주춤하다가 넘어진다. 아빠의 손을 잡고 서럽게 울면서 걷는다. 시간이 흘러 십 대가 된 아이가 스키 경기 출발선에 섰다. 자신을 의식하는 옆 선수의 시선 따위는 아무렇지 않은 듯 자신만만한 표정으로 고글을 끼고 출발한다.

수없이 넘어지지만 다시 일어나서 달린다. 중간중간 의족과 의수를 낀 채 고된 훈련을 하는 모습이 등장한다. 이를 악물고 꽤나 무거운 웨이트 트레이닝을 견뎌 낸다. 드디어 마지막 장면. 패럴림픽에서 멋진 레이스를 보인 주인공은 10억 분의 1의 가능성을 뚫고 금메달을 목에 건다. 요람 안의 아기 위로 "START YOUR IMPOSSIBLE" 자막이 나타난다.

-토요타 2018 평창 패럴림픽 광고-

방송 매체에서 장애인을 캐릭터로 등장시키는 방식은 크게 두 가지다. 첫 번째는 동정의 대상으로, 두 번째는 극복의 대상으로. 요즘은 두 번째가 주를 이루는데, 거기에서 빠지지 않는 것들이 있다. 휠체어를 미는 장애인의 두껍고 탄탄한 팔뚝. 그 위로 핏줄이 드러나 있다면 금상첨화다. 시각장애인이라면 마치 눈이 보이는 것처럼 아무렇지 않게 바르는 립스틱 정도랄까. 매체 속 장애인들은 대부분 자신의 장애를 노력과 의지로 극복하며 멋진 삶을 살아 낸다.

하지만 이런 장애 극복 스토리에 의해 현실 속의

진짜 장애인들이 더 큰 편견에 휩싸인다.

"TV에 나온 그 사람 봐, 장애가 있는데도 얼마나 열심히 사니. 너도 그럴 수 있어."

이런 이야기를 아무리 들어 봤자 '왜 나는 이렇게밖에 못 살까, 왜 나는 열심히 한다고 했는데도 이것밖에 안 될까'라고 생각한다. 자책과 한숨은 늘어나고 실질적인 도움은 전혀 되지 않는다. 장애는 정말 극복할 수 있는 문제일까? 열심히 노력하면 변화시킬 수 있는 성질의 것일까?

항승이 착잡한 얼굴로 말했다.

"장애는 극복의 대상이 아니야. 익숙해지려 노력하지만 평생 불편할 수밖에 없는 문제인 거지."

다양한 매체에서 소개된 항승의 삶을 궁금해하는 사람들이 꽤 많다. 한 팔로 정말 운전을 안전하게 할 수 있는지, 의족을 끼고 달리는 것이 가능한지, 설거지는 어떻게 하는지, 어떤 일을 해서 돈을 벌어먹고 사는지. 다양한 궁금증의 핵심은 언제나 같다. '그런 몸으로 어떻게 살아가는지.' 그러게, 나도 문득 궁금해진다. 그는 정말 어떻게 살고 있을까?

〈아니, 두 손을 올리라니까?〉

장애 학생들을 가르치는 특수 교사로 일하고 있는 그의 학교생활은 꽤나 재미있다. 타인의 행동을 보이는 그대로 따라 하는 특성을 가진 자폐 학생들을 대상으로 체조를 가르칠 때면 웃픈 미소를 짓지 않고는 넘어갈 수 없는 장면들이 연출된다. “두 손을 머리 위로 쭉 올려서 흔들어 주세요”라는 항승 선생님의 말에 학생들은 그처럼 한 손만 머리 위로 올려서 흔든다. “아니, 아니, 두 손을 모두 올려 주세요”라고 아무리 말해도 학생들은 계속 한 손만 올린다. 농구 시간에도 마찬가지다.

그는 한 손으로 슛을 하는 것에 아무런 어려움이 없지만 학생들도 그의 포즈를 보고 한 손으로만 슛을 하는 것이 문제가 되기도 한다. 그럴 때면 보조 교사나 영상 자료의 도움을 받아 시범을 대신하기도 하지만 교사로서 답답한 것은 사실이다.

〈악수는 어느 손으로〉

일상생활에서도 웃픈 일들은 계속 일어난다. 사람

들은 보통 오른손으로 악수를 하는데 그는 왼손만 가지고 있다. 적당히 어색한 관계의 사람들과 일로 만나면 악수를 통해 인사를 하게 되는데, 그럴 때면 항승과 상대방 사이에 약 2초간의 정적이 흐른다. 당연하게 오른손을 꺼내 든 상대방이 그의 빈 오른쪽 소맷자락을 눈치채지 못한다면 2초의 정적은 간혹 더 길게 이어지기도 한다. “아이고, 미안합니다”라는 말과 함께 정적이 끊어지면 상대방은 얼른 오른손을 내리고 왼손을 들어 그와 악수를 이어 간다. 눈썹을 잔뜩 위로 올리고 입을 작게 벌린, ‘실수했네’ 하는 표정은 덤으로 따라온다.

〈옥수수는 사치입니다〉

친정에서 있었던 일이다. 나와 아이를 두고, 혼자 운전해서 서울로 돌아가야 했던 그에게 어머니가 말했다.

“항승아, 옥수수 좀 싸줄까? 배고픈데 먹으면서 가.”

난처한 표정으로 입을 움찔거리고 있던 그를 대신

해 내가 말했다.

"항승 씨는 운전하면서 뭐 못 먹어. 하하하하."

"아이고 미안하다, 호호호호. 내가… 아이고 미안하다."

고속도로를 100km로 달리면서 옥수수를 베어 먹는 일은 오직 두 손을 가진 사람들만이 할 수 있다. 보통의 경우에는 한 손으로 운전하는 그를 위해 내가 옆에서 이것저것 챙겨 준다. 커피나 음식물뿐만 아니라 가끔은 비상등을 켜주기도 한다. 덕분에 나는 최고의 보조석 매너를 갖췄다는 칭찬을 종종 듣는다. 울어야 하나, 웃어야 하나. 그것이 문제로다.

"장애인으로 사는 게 얼마나 힘든지 알아?"

"모르지. 평생 가도 알 수 없을 거야. 난 장애가 없으니까."

"장애 때문에 할 수 없는 게 정말 많아."

"그래?"

"사람들은 힘쓸 일이 있으면 내가 바로 옆에 있는데도 나에게 도움을 청하지 않는다? 그거 몰랐지?"

"(십 년 만에 처음 알았다)진짜? 왜?"

"나는 우선순위가 아닌 거야. 장애가 있으니까 못 할 거라 생각하는 거지."

"네가 힘이 얼마나 좋은데? 난 다 시키는데?"

"그래서 너랑 나랑 같이 살 수 있는 것 같아. 남들은 못 그래."

항승은 집에 들어오면 의족을 빼고 무릎으로 걸으며 지낸다. 종일 의족을 차고 있으면 아무래도 환부에 무리가 갈 수밖에 없기에 집에서는 되도록 맨다리로 지내려고 한다. 하지만 무릎으로 걷는다고 해서 고통이 줄어드는 건 아니다. 딱딱한 바닥과 맞닿는, 짓이겨진 무릎에 새로운 종류의 고통이 찾아온다.

아이를 재운 뒤 둘이 같이 거실로 나오면 주방 옆에 있는 세탁기 안에는 세탁되어 축축한 빨래가 남아 있다. 빨래를 꺼내 베란다에 있는 건조기에 넣으려면 집을 가로질러 꽤 많은 걸음을 옮겨야 한다. 나는 이 문제에 대해 매일 저녁마다 고민했다.

'항승에게 해달라고 할까, 그냥 내가 할까.'

내가 하면 항승은 다시 다리를 낄 필요가 없으니 편하다. 하지만 매일 내가 하면 나는 언젠가는 반드시 이 상황이 억울해질 것이고, 결국 항승의 장애를 탓하게 될 것이다. 그러니 삼 일에 한 번은 항승에게 빨래를 옮겨 달라고 말한다. 내가 해도 되지만 굳이 함께한다. 우리의 일상은 이렇게 굳이 함께하며 흘러간다. 그래야 내가 너를 탓하지 않고 사랑할 수 있으니까.

그의 장애는 지금까지 그래왔듯 앞으로도 계속 그에게 고통을 건네줄 것이다. 요즘은 절단된 다리뿐만 아니라 다른 쪽 다리에도 문제가 생겨서 수술을 해야 하나 고민 중이다. '고통이 없는 상태'란 그에게 존재하지 않는다. 언제쯤 의족을 사용하지 못할 만큼 아파질까 예상해 봤는데 생각보다 빠를 수도 있겠다는 결론을 내렸다.

하지만 고민해도 바뀌지 않는 문제에 대해 미리 겁먹고 침울할 필요는 없다. 고통을 감수하며, 현재를 충실히 사는 것 외에는 다른 방법이 없기에 묵묵히 하루를 살아 낼 뿐이다.

그가 장애를 극복하고 멋지게 살아가기를 바라지 않는다. 그냥 지금처럼 내 옆에 오래도록 함께 있어 주기만을 기대할 뿐이다. 나도 나이가 들고, 그도 더 이상 의족을 사용해서 걸을 수 없게 된다면 둘이 나란히 전동 휠체어를 타고 거리를 질주하는 것도 괜찮을 것 같다. 그때도 우린 누가 더 빠른가를 놓고 경쟁하겠지, 분명.

# 여전히 블로그를 쓰는 이유

담벼락에 노란 개나리가 흐드러지게 핀 봄날이었다. 항승과 손을 잡고 길을 걷다가 그가 문득 말했다.

"주리야, 나 인간극장에 출연하고 싶어. 해줘!"

'내가 방송국 피디도 아니고 인간극장 제작진도 아닌데 얘는 왜 나한테 출연을 시켜 달라고 하지?'라는 의문 가득한 얼굴로 그를 빤히 쳐다보자 말을 덧붙였다.

"글을 쓰자. 블로그든 어디든 우리에 관한 글을 써 보는 거야."

과연 블로그에 글을 쓴다고 우리에게 인간극장 섭외가 올까 싶었지만 꽤나 구미가 당기는 제안이었다. 당시 항승에 대한 사랑이 온몸에 가득 차 있던 때라서 그를 행복하게 하는 일이라면 뭐든지 해주고 싶었다. 정식으로 글쓰기를 배운 적은 없지만 블로그 포스팅처럼 형식에 얽매이지 않고 쓰는 글이라면 문제 될 것이 없어 보였다.

"그래, 해보자. 일단 우리의 첫 만남으로 시작해 볼까?"

당시에는 싸이월드 블로그가 일상 블로거들에게 상당히 우호적이었기에 나도 싸이월드에 블로그를 하나 만들었다. 이름은 우리의 관계를 그대로 담아, 〈사랑에 장애가 있나요?〉로 지었다. '사랑하는 데 있어 장애(disorder)가 진짜 장애(obstacle)가 되는지'에 대한 글을 통해 우리 삶을 실험하고 싶었다.

아직 결혼도 하지 않은 연인 관계였기에 헤어지면 어쩌지, 라는 걱정도 조금 있었지만 '그럼 쿨하게 삭제하지, 뭐'라는 생각으로 걱정을 끝내 버렸다. 20대 중반의 불타는 연인에겐 앞날에 대한 염려보다는 눈

앞의 즐거움이 더 컸다. 블로그 이름을 그에게 말해 주자 우리 주리 최고라며 엄지손가락을 추켜세웠다. 그의 칭찬에 마치 베스트셀러 작가가 된 것처럼 괜히 입꼬리가 올라갔다.

블로그를 만들었으니 이젠 글을 쓸 차례다. 진한 커피 한 잔을 타서 컴퓨터 앞에 앉았다. 소개팅 날로 기억을 되감아 그 순간의 느낌을 하나하나 글로 풀었다.

또각거리며 걷던 강남역의 복잡한 길, 땀방울이 뚝뚝 떨어질 만큼 무더웠던 날, 그의 의족을 보고 화장실로 도망쳐 거울 속의 나를 마주했던 순간. 최대한 있는 그대로의 사실을 담으려 노력했고, 꽤나 오랜 시간을 투자하고 나서야 빈 커피 잔과 함께 자리에서 일어날 수 있었다. '우리 둘이 사랑하는 이야기가 과연 재미있을까?'라는 의문을 품고 '발행' 버튼을 눌렀다. 동시에, 당시 유행하던 커뮤니티 게시판에도 같은 글을 올렸다. 첫 시작이었으니 그래도 많은 사람들이 읽어 줬으면 좋겠다는 소망이 있었다. 조회 수가 딱 100만 나와도 '성공이다'라는 마음이었다.

글을 올린 지 몇 시간이 지나자 핸드폰에 알람이 계속해서 울렸다. 조회 수는 100을 훌쩍 넘긴 1,000에 가까웠고 댓글도 열 개 이상 달렸다.

"항승아, 우리 이야기가 재미있나 봐. 사람들이 빨리 다음 편 올려 달래!"

답글을 다 달기도 전에 새로운 댓글이 연신 달렸다. 조회 수는 70만을 넘겼고 커뮤니티와 블로그 메인 페이지에 내 글이 소개됐다. 그렇게 시작한 블로그는 우리의 이야기를 전하는 좋은 통로가 됐다.

'지체장애인 남자랑 비장애인 여자랑 연애를 한다고? 왜? 남자가 돈이 많아?'

스쳐 가는 호기심으로 글을 읽었던 사람들이 나중엔 대부분 이렇게 고백했다.

"처음엔 그냥 왜 만나는지 궁금했어요. 근데 이젠 왜 주리 씨가 항승 씨랑 연애하는지 알 것 같아요."

꾸준히 글을 썼다. 우리의 첫 만남뿐 아니라 현재의 연애, 잔잔한 일상과 생각까지 모두 솔직하게 담았다. 정확히 6개월 뒤, 항승의 바람대로 우리는 인간극장에 〈내 연인의 모든 것〉이라는 제목으로 출연하게 됐다. 왜 그 방송에 출연하고 싶은지는 잘 모르겠지만 그가 원한다면 하늘의 별뿐만 아니라 바닷속 플랑크톤이라도 잡아 주고 싶을 만큼 사랑했기에 이유는 중요하지 않았다. 그가 나를 보며 너털웃음을 짓는 게 좋았다.

그렇게 시작한 〈사랑에 장애가 있나요?〉 블로그 운영은 10년을 꽉 채웠으며, 지금까지도 플랫폼만 이전한 채 여전히 운영 중이다. 일상의 상념들을 토해 내는 내 블로그에 생각보다 많은 분들이 찾아와 주신다.

한번은 도대체 왜 나의 글을 읽으시냐고 대놓고 물었다. 가장 많은 의견은 '솔직해서'였다. SNS는 필연적으로 여러 겹의 필터링이 된 본인을 업로드 할 수밖에 없는 구조다. 자신의 허물과 번뇌보다는 작게나마 가진 것을 최대한 있는 척해야 사람들의 관심을 얻을 수 있다.

나도 처음엔 가진 것을 자랑하고 싶었다. 하지만 아무리 탈탈 털어 봐도 내 일상에는 반짝이고 빛나는 것들보다는 유쾌하게 우울한 상념들이 더 많았다. 초라한 옷장과 예쁜 척하는 셀카로 가득한 핸드폰 사진첩을 번갈아 보며 이 사실을 깨달은 후로는 '척하기'를 그만두었다. 그러자 더 많은 사람들이 블로그를 찾아 주었고 솔직한 일상에 공감을 건네주었다.

동생의 장애와 가족에 관한 글에는 '보통의 경우엔 숨기려 하는 아픔들까지 담담하게 공개해 줘서 고맙다'는 댓글이 달렸다. 이후로 내가 가진 검은 그림자가 밉지 않았다. 일상 속 상념들을 정리한 글에는 '진지한 이야기인데도 마치 줄타기를 하듯 재미있게 풀어 내서 계속해서 읽고 싶어진다'는 댓글이 달렸다. 묘한 미소가 지어졌다. 레페토 구두를 가지고 싶은데 너무 비싸서 엄두가 안 난다는 포스팅을 시작으로 레페토 타령을 하다가, 드디어 원하는 구두를 샀다는 포스팅을 한 적이 있다. '내가 주리 씨한테 구두 한 켤레 사주고 싶었어요. 아휴, 속 시원해라'라는 댓글에 한참을 크게 웃었다. 속까지 꽉 찬 밤고구마처럼 텁텁한 나의 일상에 트러플 오일 한 방울을 뿌린 듯 사람들의 댓글이 더해져 풍미가 생겼다.

일상을 글로 기록하는 것이 매일 더 재미있어졌다. 10년간 꾸준히 글을 썼다. 출산 다음 날에도 병원 침대에 앉아 자판을 두들겼다. 억지로 무리하는 것이 아니라 그 순간 느꼈던 나의 솔직한 감정을 글로 정리하여 사람들과 나누고 싶었다. 아파도, 슬퍼도, 바빠도, 행복에 취해도 블로그를 놓지 않았다. 그렇게 나는 오늘도 블로그를 쓴다.

## 우리는 왜 사랑을 찾아 헤매는 걸까

몇 해 전, TV에서 〈효리네 민박〉을 보고 효리와 상순의 '사랑하는 모습'에 적잖은 충격을 받았다. 으리으리한 집에서 손 하나 까딱하지 않고 살 것 같던 톱스타 효리는 생각보다 소박하게 스스로의 삶을 일궈 가고 있었다. 동반자 상순은 언제나 효리를 바라봤다. 유명하고 돈이 많은 효리가 아닌, 그냥 있는 그대로의 효리를 바라보았다.

아침이면 부스스한 머리로 차를 마시며 하루를 시작하고, 낮에는 마주 보고 앉아 햇살에 빠삭하게 마른 빨래를 갠다. 볕이 좋은 날엔 바다로 가 수영을 하고, 해 질 녘에는 강아지들과 함께 오름을 오르며 산책을 한다. 너무나도 평범한 하루의 반복이라 방송에 어울리는 '그림'을 뽑아내는 것이 불가능해 보일 정도였다.

하지만 그 소박한 일상 안에서 효리와 상순의 사랑은 더욱 빛났다. 특별한 것을 하지 않아도, 그저 마당을 쓸고 간단한 요리를 해먹는 일과 안에서도 그들은 항상 서로를 바라보고 만지고 껴안아 주었다. 서로의 체취와 숨결을 주고받는 진한 포옹도 있었지만, 멀리 떨어져서도 눈빛으로 서로를 감싸 안았다. 대화가 없어도 분위기로 말하고 있었다.

'너를 사랑해.'

최고의 제작진들이 만들어 낸 방송이자 영상이기에 그들의 사랑이 더욱 아름답게 포장된 것은 물론 맞다. 하지만 진실 된 '사랑'을 한 번이라도 경험해 본 사람이라면 두 사람의 눈빛과 마음이 거짓이 아니라는 것을 단번에 알 수 있을 것이다.

물론 '이효리처럼 돈이 많았으면 나도 저렇게 사랑하며 살 수 있다'라는 마음이 아예 없지는 않았지만 다시 생각해 보니 '종일 둘이 붙어 있는데도 사이가 좋은 부부'가 되는 것이 더 어려운 일이란 걸 알았다.

방송을 보는 내내 이상하게 눈물이 났다. 슬픈 장면도 아니고, 억지로 감동을 만들어 낸 프로그램도 아니었는데 계속 마음 한편이 정전기가 일 듯 아릿했다. '사랑하는 두 사람'을 바라보는 것만으로도 이렇게 행복할 수 있구나, 라는 생각이 들었다. 나와는 전혀 관계가 없는, 그저 두 연예인의 모습인데 왜 내가 위로를 느끼고 안정감을 얻는 걸까. 한참을 곱씹다 스스로에게 물었다.

'우리는 왜 사랑을 찾아 헤매는 걸까.'

사랑을 위해 사랑을 찾아 헤맨 날들이 있었다. 사랑하는 나를 보는 게 좋아서, 사랑받는 나를 보는 게 좋아서 계속 사랑을 찾아 헤맸다. 사랑, 사랑, 사랑. 외치고 또 외쳐도 지치지 않는 힘이 끊임없이 솟아났다. 사랑에 버림받을 때도, 사랑을 가차 없이 버리고 돌아설 때도 '다음 사랑은 반드시 아름다울 거야'라는 희망을 버리지 않았다.

어리숙하고 이기적이었던 스무 살의 사랑도 그 당시에는 매일이 흩날리는 꽃잎처럼 아름답기만 했다. 그러다 상대에게 받는 상처가 내가 주는 상처보다 더 크다고 느껴지면, 그 사랑이 얼마나 아름다운가에 상관없이 피해자인 척 이별을 선택했다. 함께 걷던 거리가 더 이상 설레지 않을 때, 상대방의 말을 이해하고 싶은 마음이 사라질 때, 사랑을 지속할 이유가 없었다. 다시 새로운 사랑을 찾아 아름다운 순간을 만들면 된다는 생각만 있었다. 있는 그대로의 '너'를 바라보지 못한 사랑은 마치 종이에 베인 손가락처럼, 별것 아니지만 꽤나 쓰라린 상처를 남겼다.

반복되는 사랑과 이별 앞에서 점점 지쳐 갈 때쯤 항승을 만났다. 인생에 미사여구란 것이 단 하나도 존재하지 않는, 단단하고 투명한 그를 마주하다 보니 더 이상 사랑을 얻기 위해 눈웃음을 팔 이유가 없어졌다. 사랑받는 내가 되기 위해 억지로 가면을 쓸 필요도, 사랑하는 내가 되기 위해 마음 넓은 애인인 척할 필요도 없었다. 좋으면 좋다고, 싫으면 싫다고 말할 수 있는 솔직한 관계 안에서 모든 것이 달라졌다.

항승을 통해 숨겨져 있던 나의 부드러움을 발견했다. 뾰족하고 강한 나를 두려워하지 않고, 오해하지 않고 있는 그대로 바라봐 준 그 덕분에 나의 벽이 조금씩 무너져 내렸다. 그의 눈으로 보는 나는 생각보다 훨씬 귀엽고, 사랑스럽고, 솔직한 사람이었다. 세상과 치대다 벽이 다시 두터워지려고 할 때면 그는 늘 나를 똑바로 바라보고 내가 어떤 사람인가에 대해서 조곤조곤 말해 주었다.

"주리를 생각합니다. 귀엽게 웃고 있는 모습, 사랑스러운 미소로 날 바라보고 있는 모습, 내 실수에 토라져 있는 모습, 당당하게 의견을 이야기하는 모습, 공연장에서 최선을 다해 연기하는 모습, 나를 보며 눈물짓던 모습. 주리의 모습을 생각하면 때론 웃기도, 때론 눈물짓기도 합니다."

"닭살 돋아, 그만해!"라는 말이 절로 나왔지만 진짜 그만두길 바라서 한 말은 아니다. 나의 존재를 있는 그대로 바라봐 주고 알아주는 사람이 있다는 사실은 그 어느 것과도 비교할 수 없는 깊은 안정감을 선사했다. 앞으로 어떤 일을 겪든 간에, 내 알맹이는 변하지 않는다는 것을 끊임없이 일깨워 주는 사람. 그런 사람, 그런 사랑. 사랑이 이런 것이었구나.

긴 시간 동안 그토록 사랑을 찾아 헤맸던 이유가 바로 '나 자신을 찾고, 알고, 이해하기 위해서'라니. 깨달음을 얻는 순간 허무함과 안도감이 동시에 밀려왔다. 사랑을 찾는 이유조차도 나 자신을 위한 것이라니, 나라는 인간의 이기적임을 다시 한번 느끼며 괜히 웃음이 났다.

항승을 사랑하기 위해 많은 편견들과 싸워 왔다.

'어떻게 장애인이랑 연애를 해?', '걔가 그래도 돈은 좀 있는 거지?', '연애는 했다 치자, 아무리 그래도 결혼은 아니야', '애 낳아 봐라. 너 혼자 다 봐야 할걸'.

한 사람을 사랑한다고 말하는 것이 이렇게나 많은 질문에 끊임없이 답을 해야만 하는 것임을 몰랐다. 때로는 행동으로, 때로는 눈빛으로 최선의 답을 하려 애썼다. 모든 답의 끝은 처음부터 지금까지 변하지 않았다.

"나는 항승을 사랑해."

그와 함께한 지 십 년이 지났는데 아직도 이렇게 사랑 타령을 하고 있냐는 주변 사람들의 말을 종종 듣는다. 항승의 뭐가 그렇게 좋냐는 말에 그냥 사랑해서, 사랑한다고 말했다. 다른 어떤 이유들보다 더 큰 이유, 그를 사랑하기 때문에 사랑한다.

# 에필로그

가끔 본가에 갈 때면 어머니는 상다리가 휘어지도록 온갖 음식들을 차려 주신다. 음식이 가득 담긴 접시가 나오고 나오고 또 나오다가 둘 자리가 없어서 상 위의 물건들을 바닥으로 다 내려야 할 정도다. 그러면 아버지는 살짝 삐진 표정으로 말씀하신다.

"이야, 남편한테는 맨날 밥이랑 김치만 주더니 딸내미가 오니까 메뉴가 달라지네."

투덜거리는 아버지의 말을 무시한 채 어머니는 나에게 속삭이신다.

"남편 밥 차려 주는 건 귀찮아도, 자식 밥 차려 주는 건 하나도 안 귀찮아."

결혼 전에는 어머니의 이 말을 제대로 이해하지 못했다. 남편이나 자식이나 밥 차려 주는 건 다 똑같지 않을까 생각했다.

결혼을 하고 아이가 생기니 자연스럽게 어머니의 그 말을 이해하게 됐다. 딸내미가 먹고 싶다면 계란을 삶아 까주는 것도 하나도 귀찮지 않지만, 항승이가 먹고 싶다면 그냥 대충 달걀 프라이를 해준다. 아니, 솔직히 말하자면 항승이가 직접 달걀 프라이를 해먹는다. 내 몸은 하나고, 사용할 수 있는 에너지도 한계가 있다 보니 남편보다는 자식을 위해 정성을 다하게 된다. 남편은 혼자서도 잘 먹고 잘 살 수 있지만 1살 아기는 내 손길 없이는 혼자서 먹지도 잠들지도 못하니까 당연하다. 그런 나를 보고 항승은 가끔 입술을 삐쭉 내밀고 말한다.

"설이 보는 것처럼 나도 좀 예쁜 눈으로 봐줘라! 맨날 독수리눈으로 보지 말고! 아이고 무서워!!!"

존재 자체로 사랑스러웠던, 생각만 해도 가슴이 두근거려 잠을 이루지 못했던 지난 10년의 사랑이 이제는 현실 그 자체의 사랑으로 변했다. '사랑이 어떻게 변하니?'라고 묻던 풋풋한 20대의 내가 '라면 먹고 갈래?'도 힘들어서 '라면은 그냥 각자 먹자'라고 말하는 30대의 내가 됐다.

사랑에 장애가 있는지 없는지 우리의 삶으로 직접 실험하겠다는 큰 포부로 시작한 우리의 사랑. 이제는 사랑에 장애(disorder)는 없지만 돈은 있어야 한다는 농담 같은 진담을 주고받을 정도로 농익은 사랑이 됐다.

그럼에도 변하지 않는 것은 항승을 떠올리면 매일 머릿속에 글감이 퐁퐁 샘솟는다는 것이다. 나의 뮤즈, 박항승이 내 옆을 지키고 있는 한 "사랑에 장애가 있나요?"라는 질문에 대한 답도 계속해서 이어 나갈 수 있다. 그를 만나기 전에는 12색 크레파스처럼 정확하고 단조롭던 내 삶이, 그를 만나 색을 규정지을 수 없는 수채화처럼 다채롭게 확장되고 있다.

가끔은 그가 미워 죽겠을 때도 있고, 귀찮아 죽겠을 때도 있지만 그래도 같이 있고 싶은 걸 보면 우리의 사랑은 여전히 유효하다.